見なかった見なかった

内館牧子

幻冬舎文庫

見なかった見なかった

目次

ノラ猫との日々

母の家の庭に、ノラ猫が来るようになった。

その猫は何ら悪さをするわけでもなく、オシッコもせず、花や木にも一切ふれない。ただ、オズオズとやって来ては庭の隅で遠慮がちに陽なたぼっこをして、飽きるとどこかに歩き去る。

ただそれだけなのだが、私が母の家に行くと、必ず来ていて、何だか妙に可愛い。だが、まさかエサをやるわけにもいかない。エサをやったら、居ついてしまうだろうし、そのうちに仲間たちもやって来たりしてはご近所迷惑になる。

本当は庭からも追い出す方がいいのだが、何も悪さはしないし、ニャアとも鳴かないし、陽なたぼっこくらいはさせてあげよう。私がこんな慈悲深い心を持ったのにはワケがある。

と言うのは、この猫、ブスなのだ。顔が全然可愛くない。愛嬌も全然ない。白と黒の毛はつやつやしており、まくわ瓜色の目が独得なのだが、どことなく狡（ずる）そうな顔である。このノ

ラは、女たちや子供から、

「ワ！　可愛い！」

なんぞとは一度も言われたことがないだろう。きっと一生ノラのまま、一度も抱っこされる経験もせず、あったかい室内も知らずに死んでいくのだ。哀れな話である。そもそも、この子をノラにしたのは人間なのだから、庭を貸すくらいの寵愛を与えても構うまい。それを感じたのか、安心して、ますます欠かさず遊びに来るようになった。

こうなると、ノラ猫であっても情が移ってくる。ノラの方も、母と私の顔を覚えたようで、窓を開けて庭に出ても、以前のように逃げなくなった。少なくとも「エサはくれないが、いじめない」ということはわかったらしい。

母も情が移ってしまい、私が「顔の悪さ」を言うたびに、

「あら、普通だと思うわ」

とかばうのである。

そんなある日、仙台から遊びに来た叔母が、一目見るなり言った。

「あら、顔悪いわね」

こうハッキリ言わなくたってねえ。だが、叔母の家にはそれは可愛い猫が二匹いる。あの愛され方を思うと、やっぱりこの子は切ない。同じ猫に生まれながら、ノラである上に顔も

悪いのだ。すると叔母が言った。

「何か名前をつけるといいわよ。名前で毎日呼ばれると、猫も安心して顔がよくなってくるから」

なるほど、もっともらしい。だが、ノラに庭を貸した上に、名前までつけていいのか。いいはずがない。でも、つけてしまおう。つけるわ！

そこで私は名前を考えたのである。顔がよくなくて、何となく狡そうで、愛されにくくて、それでいながらご寵愛を受ける猫にピッタリの名前は何か。ひとつしかない。

「カミラ」

イギリスのチャールズ皇太子夫人の名。彼女はダイアナ妃とは比べられない容姿ながら、チャールズ皇太子のご寵愛を勝ちとった。

私は母の家に行くたびに、庭に出ては大声で、

「あらァ、カミラ、来てたの。カミラー、ゆっくりしなさい。カミラー」

と叫ぶ。母はご近所に恥ずかしいからやめてくれと言ったが、叔母の言う通り、名前がついてからは顔がよくなった気がする。もっとも弟は言った。

「見慣れたせいだよ。猫も女も、ブスは三日見りゃ慣れる。美人は三日見りゃ飽きる」

こうハッキリ言わなくたってねえ。そんなある夜、突然別のノラ猫が現れた。私はたまた

ま母の家にいたのだが、ふと見ると、茶色い猫が庭にいる。ああ、その美しさよ！　月の光を浴びて座る姿は気品にあふれ、大きな目も小さな鼻もノーブルな美貌で、同じノラでもカミラとは比べられない。私はすぐに、この猫に、

「ダイアナ」

と名をつけた。

するとある日、母から電話があり、第三の猫が時々現れると言う。その猫は、来る時は必ずカミラと一緒か、あるいはダイアナと一緒で、三匹そろって来ることはない。私は直ちに名前をつけた。

「チャールズ」

かくして、母の家の庭には英国王室ができあがってしまったのである。

ところが間もなく、ダイアナとチャールズは来なくなった。猫社会のチャールズは、ダイアナを選んだらしい。そのため、カミラだけがどこからともなくやって来て、半日は庭で遊んでいる。母や私を見ると、甘えた声で「ニャア」と鳴くようになった。

すると、とうとう母が言い出した。

「カミラをちゃんと病院に連れて行って、うちで飼おうかしら」

私の周囲にも、ノラ猫に情が移って病院に連れて行き、検査や避妊手術をすませた上で飼

っている人が何人もいる。ところが、そんな話をしていた矢先、カミラは突然来なくなってしまった。あんなにきちんと来て、なついていたのに、パタッと姿を消してしまった。

ノラ猫に詳しく、何年間もエサをやっている知人は、

「それは、エサをくれるとか、もっといい相手に乗りかえたんですよ」

と言った。オー！　夫と別れてチャールズと結婚したイギリスのカミラと同じではないか。まさにカミラの面目躍如（めんぼくやくじょ）というものである。

ほんの短いノラ猫との日々であったが、動物がいると確かに癒やされる。そして、パタッと来なくなった今、ペットを飼う人の心配がほんの少しわかる。ペットが死んだらどうしようという心配が。ノラが消えただけでも淋しいのだから、家族としてのペットが死んだならしばらく立ち上がれまい。「ペットロス症候群」という心の病気も当然だと、ふとカミラを思い出したりしているのである。

強気な女たち

三年ほど前のことである。四十代前半の男性経営者が結婚相手を探しており、知人から、「誰か三十代の妻候補はいないか」と電話があった。

彼は学歴は一流、会社も順調、姑の心配もなく、高収入。知人によると「性格もよく、容姿も悪くない」そうで、見合い相手としては非のうちどころがない。

実は、私には思い当たる「妻候補」が三人いた。三人はいずれも東京都内で仕事をしており、いずれも三十代後半。いずれも、

「四十前に結婚したいわ。子供も欲しいし、ずっと独身なんて淋しいし」

と口をそろえていた。この言葉を額面通りに受け取るほど、私も純真ではない。だが、彼女たちは職種がまるで違うのに、そっくり同じことを言った。

「仕事には何の将来もないし、たぶん同じことを繰り返して定年を迎えるの。それより、いい出会いがあれば結婚する。新しい人生の方がやり甲斐があるし、精神的にも落ち着くわ」

私も会社勤めをしていたので、この言い分はリアルである。過去、私も同じことを考えていた時代があったし、もしもあの頃、今回のような見合い話があったなら、飛びついただろう。そう確信し、三人のうちの誰に、真っ先に話を持って行こうかと悩んだ。

が、悩む必要は全然なかった。まったく、私は純真だったわ。三人とも「言下に」断ったのである。真っ先のA子も、次なるB子も、最後のC子も、私が、

「お見合い話があるの」

と言うなり、

「いい、いい。私、無理に結婚する気ないの」

ときた。相手のことも何も話さぬうちにである。つきあっている人がいるのかと訊くと、いないと言う。ただ、三人の「断る理由」は明確だった。
☆A子の理由
「父の死後、母と未婚の姉と女三人で暮らしており、遠慮も気がねもなく楽しい。この暮らしよりいい結婚があるとは思えない」
☆B子の理由
「仕事には何の夢もないけど、楽してお金をもらえる場所だと割り切った。同年代の未婚の女友達と海外旅行したり、コンサートや歌舞伎にしょっちゅう行ったり、今の暮らしを捨て

てまで結婚したくない」

☆C子の理由

「私は腕に職があるわけだし、私を指名してくれる客もふえており、オーナーにも頼られている。毎日同じことの繰り返しだが、都心の店で働き、都心のマンションで好きなように一人暮らしを続けてきた。夫とはいえ、他人に気を遣(つか)って生きたくない」

こう言われ、私はグウの音(ね)も出ずに引っ込んだ。どの理由ももっともである。私とて、自分も結婚してないのだから、結婚話に関してはすぐにグウの音が出なくなる。ただ、我が身にも重ね、女のこういう強気はいつ迄も通用しないぞと、それはハッキリと思っていた。三人の「断る理由」は、実にあやうい強気である。彼女らの「いい暮らし」は、永遠には続かないのだから。

例えば「女三人の気楽で楽しい暮らし」だ。母親が死んで、未婚の姉が結婚したらどうなるのか。

また、「女友達と海外旅行やコンサート」にしても、女友達がいつ迄も未婚でいる保証はない。突然結婚し、出産することはある。となれば、一緒に海外旅行もコンサートも難しい。

そして「指名客とオーナー」はシビアなものだ。いつC子から別の技術者に流れるかわからない。技術やセンスは加齢と共に衰えてくる場合もあろう。その時は容赦なくそっぽを向かれるのは、どんな仕事でも同じだろう。

　その他にも、生きていれば「思うに任せぬこと」は多々ある。「どうしてこうなるの？」と衝撃を受ける出来事は必ずある。そんな時、母も姉も、未婚の女友達もいない中で、「強気」を貫けるか。一人ぼっちに震え、結婚すればよかったと思うのではないか。むろん、「結婚は逃げ場ではない」ことは十分にわかっている。ただ、独りではつらすぎる時、「結婚は癒やしの場」の一端を担いはするだろう。

　TBSの木曜ドラマ『汚れた舌』で、私は強気なヒロインに次々と衝撃的な事件をかぶせている。ドラマの前半は、ヒロインは母と気楽に暮らし、独身の女友達がいて、仕事の花屋経営も順調。恋人もいる。こんな状況なら誰だって「無理に結婚しないわ」と強気にもなろう。

　が、ドラマの後半、女友達は突如「できちゃった婚」をし、母は急死。恋人には結婚の意思はないと振られ、花屋はつぶれる。その中でヒロインは心に誓う。

「次に生まれてきたら、早く結婚しよう」

　さりとて、結婚すれば幸せかというと、そうとも言い切れない。ドラマに出てくる妻にも、衝撃的な事件を畳みかける。若い姑との確執や、信じていた夫の恋愛や、家庭以外に認知される場がない妻のみじめさ。その中で、妻は心に誓う。

「次に生まれてきたら、二度と結婚はしない」

この『汚れた舌』はアチコチで「ホラー」と言われるが、超現実ドラマである。ホラーは日常に潜(ひそ)んでいるという証拠だ。

実は数日前、先のA子から電話があったのである。

「三年前の彼、もう結婚した？ 私、結婚したいの」

聞けばA子の姉は海外で仕事を始め、何と七十代の母親が再婚!! A子は一人ぼっちになり、『汚れた舌』のヒロインと同じに強気が吹っ飛んだのだ。

何よりもホラーなのは、女の人生かもしれぬ。

東北大相撲部、優勝しました！

ああ、世の中というところ、本当に思いもかけぬことが起こる！

二〇〇五年六月五日の「東日本学生相撲選手権大会」で、我が東北大相撲部が、Cクラス優勝を果たしたのである。

「優勝」である。

私が「つぶれる寸前」の相撲部監督を引き受けたのが、四月。その時は部員が四人。土俵がないばかりか部室もなく、私と四人の部員は相撲部長の教授室に押しかけてミーティングしたり、学食で盛岡冷麺をすすりながら話しあったり（さすが東北の大学には盛岡冷麺がある）、それればかりか、外に立って打ち合わせをしたのよ……。

私は監督を引き受けたものの、お先真っ暗で、『シコふんじゃった。』のビデオと、『逆境ナイン』というマンガを繰り返し見ては、自分を元気づけていたのである。そう、私は逆境スポコン物のヒロインに違いなかったのよ！　そういえば、『アタック・ナンバーハーフ』

というタイの映画も、ビデオで何回見たことか。これは、タイのニューハーフたちのバレーボールチームの物語で、彼らは逆境や色めがねにめげず、ホンモノの男子チームを破って頂点に立つのだ!! この映画に元気をもらったと言うと、友人どもはのけぞって笑ったが、ホントに東北大相撲部をどう立て直そうかと、私は「マジ」に逆境モノで研究していたのである。

そして、決めた。とにかく死んだ気になって部員を勧誘することだ。私は四人の部員に檄を飛ばし、以来、全員が「人さらい」と化した。私なんぞはよさそうな男子学生を見ると、まず頭の中で「マワシ姿」にひんむく。「行ける！」と思うと、すり寄って、

「相撲部に入らない？」

と囁く。中には噂を聞いていたのか、私と目が合っただけで、あわててUターンする輩もいて、つくづく「人さらい」の悲哀を味わったものである。が、四人の部員たちの人さらいテクはたいしたもので、何とわずか二か月間で部員は十五人になった。かつ、可愛い女子マネージャーが三人も入ってくれた。四人の猛者どもが、こんな可愛くてよく働く子たちをどうやって口説き落としたのか、私は今でも不思議である。

新入部員の中には、モンゴル人留学生もいる。モンゴル相撲の経験者で、東北大の朝青龍である。さらに、私はついに百九十四センチの大型新人を口説き落とした。彼はウォルター

君というアメリカ人で、私と同じ宗教学研究室で机を並べている。私は来る日も来る日も、

「ねえ、ウォルター、相撲部に入らない？　あなたの体は、東北大の琴欧州よ」

と迫る。あわれウォルターは、狭い研究室で逃げられない。それに、彼は元々相撲に関心があることも、私はしっかりキャッチしていた。ある日、たまたま落合主将らと階段の踊り場でミーティングをしている時、ウォルターが通りかかった。私はガシッと彼をつかまえ、落合君に、

「主将、この彼を口説いてるのよ！」

と言うや、主将は、

「ワァ、いい体だなァ。強くなりますよ、絶対」

とほめ、女子マネはうるんだ瞳で見つめ、

「入って！　ね、入って」

と、もう「人さらい」の連係プレーは国宝級の高みに到達していた。

こうして、二か月前まではつぶれる寸前だった相撲部が、六月十日現在で十五人。人間、逆境になるとバカ力が出るもので、マンガや映画の通りである。

で、私は当初からの四人の部員を叱ったのである。

「あなた達、どうして去年やもっと前から死ぬ気で勧誘しなかったのッ」

彼らは答えた。

「イヤァ、やっぱり内館監督が入って下さったから、やる気が出たんです」

ホント、女を喜ばすツボを心得ていていい子たちね。

そして、五月二十二日の「全国国公立大学対抗相撲大会」では、参加八校中四位に躍り出た。何しろ昨年は最下位だったのだから、新聞各紙はこぞって、

「東北大、四位に躍進」

などと大きく書いてくれた。すると部員たち、

「たかが四位で、こんなに大きく取り上げて頂いて申し訳ないし、恥ずかしい」

と言うではないか。しめしめと思った。「四位で恥ずかしい」という気持ちは、六月五日の大会の大きなモチベーションになるからである。事実、東北学院大の土俵での稽古には熱が入り、同大の増田監督の指導にもよく応(こた)えていた。

とは言え、まさか優勝するとは思わず、優勝が決まった瞬間、私は喜ぶより呆然とした。Cクラスではあるが、慶大や立教大など七校のトップに立ったのである。二か月前は「団体戦」に出られない人数だったのに、今や「交替」や「予備」の選手までいる幸せ。

現在、東日本の大学はABCの三部リーグに分かれており、Aは角界からも狙われる最強大学。日大、東農大、日体大、拓大など八校である。Bはその下で、明大、法大、早大、国

士舘大などの強豪私立に加え、国立では東大と防衛大の全八校。Aの優勝は日大、Bは早大であった。

私の目標は、東北大をBに入れることである。遠い夢だと思っていたが、部員がふえると信じられないほどの活気が出る。六月五日も、Cで優勝した結果、午後からはBのトーナメントにも出場という栄誉を得た。さらに、五月二十二日の大会では〇勝五敗だった防衛大に、二勝三敗という善戦を見せたのである。

夏の合宿では鍛えまくって、秋の入れ替え戦をめざす。逆境は一転して関ヶ原である。

二子山親方が憧れた女（ひと）

初代貴ノ花の二子山親方が亡くなり、二〇〇五年六月十三日に日本相撲協会葬が営まれた。私は日本相撲協会の横綱審議委員になるまでは、角界とはまったく親交がなく、ただひたすら大相撲が好きなファンに過ぎなかった。そのため、「スター貴ノ花」は蔵前国技館の二階席から見たり、力士通用門で「入り待ち・出待ち」をして、通りすぎる姿を見たりである。私は巨漢力士が好みなので、貴ノ花は決してタイプではなかったが、やっぱり圧倒的な華があった。

私が何度か二子山部屋を訪れ、二子山親方と親しく話させて頂くようになったのは、次男の横綱貴乃花が大怪我をして、七場所連続休場を余儀なくされた頃である。横綱の休場が四場所、五場所と重なるにつれ、世間からの風当たりが強くなり始めた。横綱審議委員会でも、

「出場勧告をすべきではないか」

という声が出ていた。

あの頃、私はアチコチで書いたり、言ったりした。

「世間は貴乃花の劇的な優勝を、『鬼神のようだ』と熱狂し、あれほど讃えた。なのに、三場所休んだあたりからもう風当たりが強くなっている。貴乃花は国民の共有財産だ。思うまま治療に専念させよ」

横審の席上でもそう言ったが、貴乃花擁護派は川﨑春彦委員と私だけだった。他の方々は心情は十分に理解しつつも、出処進退の勧告を考えねばなるまいという立場を取っていた。

私はとにかく貴乃花をつぶしたくなかった。確かに数々の醜聞はあったが、力士としては双葉山の再来だと、心底思っていた。横審の席上で、私は、

「横綱はマスコミに話さないし、あまりにも情報が少なすぎるので、まず横審が横綱と直接会い、怪我の状況を聞きませんか」

と提案した。だが、

「会っても本心を言うわけがない。状況を聞きたいなら個人的にやりなさい」

と、渡邉恒雄委員長はじめ委員たちに言われ、私は、

「それなら個人的にやります。ただ、ろくに相撲も観戦しない横審委員たちに、勧告する権利はないと申し上げておきます」

と啖呵を切ったことを覚えている。

以来、私は何度か二子山部屋の朝稽古を見に行った。川﨑委員とご一緒の時もあったし、一人の時もあったが、二子山親方は必ず、

「稽古がすんだら、三階の私室でチャンコを食べてって下さい」

とおっしゃった。

広くて明るいリビングで昼前から親方とビールを飲み、チャンコを食べた。あの頃、親方は離婚直後で淋しかったのかもしれない。私が少しでも時計を見ると、

「帰るんですか。まだいいでしょ。今、横綱もあがってきますから」

と、どんどんビールの栓を抜いてしまう。私は毎回、早朝から午後三時くらいまでいた。

そんなある時、親方がふと、声をひそめた。

「内館さん、今、いいなァと思う女性がいるんです」

私が茶化して、

「私ですか？　困ります」

と言うと、あきれて、

「何言ってんですか。内館さんだって僕なんかタイプじゃないでしょうが」

「ま、そうですね」

「実はね、いいなァと思ってるのは女優の檀ふみさんなんですよ」

「えーッ!!　知的なタイプがお好みなんですねえ」

「絶対に秘密ですよ。好きだなァ、檀さん」

　きっと面識はあるだろうと思ったが、

「私、檀さんを存じあげてますから、お食事をセッティングしましょうか」

　と言うと親方はあわてた。

「やめて下さいよ。あがっちゃいます。絶対ダメ」

　汗だくで、赤くなって手を振る様子は、どうも親方の一方的で熱烈な「憧れ」に見えた。

　誰にも言わないと約束した私だが、協会葬で遺影に向かい、

「親方、週刊誌の連載に書いちゃいますからね」

　と勝手に許可を頂いた。

　横綱貴乃花は、稽古後の体のケアがすむと必ず三階の私室にあがってきて、一緒にチャンコを食べた。席に着く前に、決まって仏壇に線香をあげ、正座して長いこと手を合わせる。その姿は今も印象に残っている。

　たいていは安芸乃島も一緒にチャンコを囲み、色んな話をした。しなかったのは怪我の状況に関してだけだ。まったく、私は毎回何をしに行っていたのかと思うが、ハッキリと感じたのは、貴乃花は協会の将来とすべての力士たちの将来を、非常にしっかりと考えていたこ

とである。私が、

「親方、こんなにしっかりした考えを持ってる息子って、すごいですね」

と言うと、親方は照れたような誇らしいような笑顔を見せた。あの頃、親方は我が子ながら貴乃花に、ある種の敬意をお持ちだったと私は感じている。

やがて親方の体調が少しずつ悪くなってきて、親方は協会の執務室にも出たり休んだりという状態になった。が、ある日、廊下を行く後ろ姿が見えた。私は伝えたいことがあって、走り寄った。というのは、私は長男の花田勝さん（第六十六代横綱三代目若乃花）の経営する『ちゃんこダイニング若』が好きで、よく行く。

私は走り寄って、親方に伝えた。

「昨日、勝さんの店に行きましたら、超満員でしたよ。ご本人が生き生きとスタッフに指示を出してました。次々に支店も増えて、もう立派な実業家ですね」

親方の顔色はすぐれなかったが、私の言葉に笑顔を見せた。その照れたような誇らしいような笑顔は、貴乃花に対して見せたものと、まったく同じだった。

エコーカード

ある夜、八時に赤坂の溜池で人と会うことになっていた。私はその日、銀座で仕事をしていたのだが、予定より長引き、終了したのが八時十分前だった。

あわててタクシーを拾おうとしたものの、全然空車が来ない。いつもならどんどん来るのに、急いでいる時に限ってこうなのだ。

ふと見ると、タクシー乗り場に空車が一台つけている。普段、私は近距離の場合は、客待ちのタクシーには乗らない。運転手さんはずっとそこで並んでいるわけだし、そんな時に近距離では申し訳ない。

が、この夜は急いでいた。銀座七丁目から赤坂の溜池までは、千二百円前後だ。近距離だが私はそのタクシーに乗り、

「赤坂の溜池交差点のちょっと先まで」

と言った。運転手さんは三十代に見えたが、返事をしない。あげく、つんのめるような荒

っぽさで発進させた。これはどう考えても、近距離でムッとしているに違いなかった。私は乗ったばかりで、何ら失礼なことはしていないのだから。

数分走ると、フロントガラスに雨粒が当たり始めた。私は思わず、

「あら？　雨ですか？」

と訊いた。返事はない。非常に不快な沈黙が続く中、運転はムチ打ち症になるほど荒い。ハンドルに八つ当たりをしているのだろう。

客の私が気を遣うのもおかしな話だが、少しでも安全に走ってもらおうと、話しかけた。こういう時は、天気の話かニュースの話しかない。

「今日は暑かったですね」

返事はない。

「JR福知山線の脱線事故、死者が百人超えそうですね」

返事はない。本当に、まったく返事はない。そんなに千二百円前後のメーターが不快か。私もさすがに堪忍袋の緒が切れ、黙りこんだ。しかし、溜池交差点が近くなり、そこからの道を指示しないといけない。

「ひとつ先の信号を左折して下さい」

返事はない。ギューンと急ハンドルで左折し、座席に置いてあった紙袋が吹っ飛んだ。私

は早く降りてしまおうと決め、

「その角で停めて下さい」

　と言うなり急停止。もう我慢も限界だった。それならこっちにだって考えがある。私はこれ見よがしにエコーカードを一枚取った。

　エコーカードとは、運転席の後ろのポケットに入っているハガキで、「乗務員の挨拶、ことば遣い、安全などについて」のアンケートである。乗車区間や乗車日時も書くようになっているため、客がこれを投函すると、会社はドライバーの名前まですぐわかる。当然ながら、該当ドライバーは呼び出されて注意を受けるのだと思う。

　私は降りる時に、皮肉っぽく言った。

「ホントに近距離でごめんなさいね」

　当然、返事はなかったが、返事のかわりにブワーッとふかして、猛スピードで走り去った。

　私は日本のタクシーは世界一だと思っている。世界中のタクシーに乗ったわけではないが、私が乗った限りにおいて、日本のタクシーと運転手さんのレベルは「ぶっちぎりのトップ」である。それほどに教育が厳しいのだろうし、私は過去、今回のようにイヤな思いをしたことは一度もなかっただけに、驚いた。今時、こんな運転手さんがいるとは本当に思わなかった。

むろん、私はエコーカードを投函する気は、最初からない。これ見よがしにそれを手に取るのも趣味ではなかったが、あの態度に対してこれくらいのことはやってもいいだろうと、一発かましただけである。

きっとあの運転手さんは、エコーカードが届くと思ったはずだ。届いても致し方ないと、本人もわかっていると思う。そして、何日間かビクビクまではせずとも、気にはなるだろう。それだけでも、十分にエコーカードは用をなしたと思う。

考えてみれば、タクシードライバーという仕事はストレスがたまるはずである。何しろ、「乗車拒否」をしてはいけないのだ。大きな駅や空港では三時間も四時間も並ぶと聞く。さんざん並んだあげく、ワンメーターの客でも拒否できない。あまり乗せたくないタイプの客でも、拒否できない。むろん、どんな仕事でも拒否できないことはあるが、タクシードライバーほど、日常的にその憂きめにあう職種はそうないのではないか。今回の運転手さんも若いだけに、鬱憤(うっぷん)を過剰に外に出してしまったということは考えられる。

そしてつい先日、乗ったタクシーで、運転手さんとそんな話になった。すると、運転手さんが言った。

「先だって、小学生くらいの半ズボンのガキが手を上げるんですよ」

私は笑って言った。

「半ズボンは歩くべきですよねえ。何がタクシー」

「でしょ。でも拒否できないし、乗せましたよ。そしたら降りる時、『釣りはいらねえよ』ときた」

「え？　半ズボン風情が」

「そうですよ。十になるかならねえかってガキがですよ。バカにすんじゃねえやと思って、釣りを渡して『いいよ、ありがとな』って言ったら、そのガキ、言いやがるんです。『オイ、運転手。こっちは客だ。ありがとうございますって言えよ』って。あの半ズボンがッ」

「エコーカード、届きませんでした？」

「アハハ、さすがにそこまでは気が回らねえから、ガキなんで。だけど、平仮名だらけのたどたどしいエコーカードが届いたら、俺、この商売やめますよ」

　ミラーにうつる運転手さんの目は、本気だった。

伊豆大島の子供たち

六月のある日、東京都教育委員会の学校視察があり、伊豆大島に行ってきた。

私は大島は初めてで、伊豆諸島は新島も式根島もまったく知らない。ところが一足飛びに小笠原には一週間もいたことがある。それも三十年前の話で、まだ観光客なんていなかった頃だ。私は二十代半ばで、

「結婚したら遠くに旅行できなくなるから、独身のうちに遠いとこから行っておこう」

と思い、大島も三宅島も飛び越えて、定期船の船底で何十時間だか揺られ、小笠原にたどりついた。だが、今もって独身なのだから、「遠いとこ」から行く必要もなかったのに、まったくご苦労なことである。

そして今回、都立大島南高校と、木造校舎が美しい大島町立さくら小学校を視察した。伊豆諸島は「東京都」なのだが、海の色、空の色、木々の色、もう別世界の美しさ。島の人々は、

「最近は俗化されて……」

と言うが、さくら小学校の子供たちは、やっぱり東京区部の子供たちとは違って見える。とにかく非常に子供らしい。声は大きいし、挨拶はしっかりできるし、動きがすばしっこいし、よく陽に焼けている。先生の指示にも素直に従うし、上級生は下級生の面倒をよく見る。私たちはほんの何時間かしかいなかったのだが、それでも違いは感じる。洋服や髪型や見ためは、双方に何ら違いはないのに、「島の子」は純な子供らしさがある一方、どこか逞しい。

そう思っていると、懇談会の席で、校長先生が何気なくおっしゃった。

「この小学校は、三つの小学校が合併して、この四月に開校したため、四、五キロ歩いて通学する子供たちもおり……」

私は耳を疑い、すぐに質問した。

「四、五キロ歩くんですか？　幼い子も四、五キロを毎日、往復するってことですか？」

「そうです。山の上からも歩いて来ますよ。スクールバスを考えたりもしたんですが、親も歩かせてくれと言いますしね」

「交通事故の心配は？」

「ないですね。子供がテクテク歩いているのを、大人はいつも見てますから、メチャクチャな運転はしなくなります」

子供たちはサクランボや桑の実を摘んでは食べ、口のまわりを染めているという。木にも登るし、虫もつかまえるし、野の花を採っては押し花も作る。きっと通学の往復では、たっぷりと道草を食うのだろう。

家庭科室ではフェルト布とボタンで「カレンダー」を作っていた。十二か月それぞれの図柄を考えさせ、それをボタンやアップリケで表現させる。ボタンつけや、刺繍をさせることにより、針と糸になじませる授業だが、子供たちの作る図柄にちょっと驚いた。「自然」をテーマにしたものが多いのである。中でも印象に残ったのが、夜空を表わす真っ黒なフェルトに、黄色い糸で鮮やかな星座を刺したもの。それと秋らしい色のフェルトを重ねて、ミノ虫をアップリケしたもの。また、焼き芋をアップリケしていた子は、

「焚き火で焼くんだ！」

と独り言をつぶやく。

聞けば大島では、まるで川のように天の川が見え、四季の星座が真っ暗な夜空に輝くという。子供たちはいつも星座の下で生き、道草で見つけたミノ虫をつかまえ、家族や先生と焚き火をして芋や栗を焼くのだろう。であればこそ、ごく自然に「自然」がテーマになり、彼らの十二か月は「自然」のサイクルで動いていくのだろうと思う。

さらに驚いたことは、広々とした校庭の中央に土俵があったのだ。何しろ、今や東京二十

三区と市部の小学校計千二百九十八校中、土俵があるのはわずか九校、同じく中学校計六百十九校中では四校、都立高校では足立新田高校が一校のみ。新設のさくら小学校が、わざわざ土俵を造ったことに感激した。しかし、先生たちはごく当たり前に、

「相撲大会では男の子も女の子も盛りあがりますよ」

「普段も裸足で相撲取って遊んだりもしてますね」

とおっしゃる。「島の子」たちはきっと、土踏まずがくっきりあって、健康的な足をしているに違いない。

ただ、もちろんきれいごとばかりではなく、これほど豊かな自然の中で育っても「キレる」タイプもいれば、ゲームばかりで外で遊びたがらない子もいる。大島は東京まで飛行機で三十五分、ジェット船で百五分である。近いだけに東京に行きやすく、行って帰って来るたびに「島のよさ」がわからなくなるようだ、という声があった。星座やミノ虫より、アミューズメントパークのような都会が、子供たちに強烈な刺激を与えるのは、これも自然なことだろう。

そして逆に、大島南高校の海洋科には、東京二十三区や市部からの入学者もおり、寄宿舎に入り、実習船で航海し、大島出身者と一緒に「自然」を仕事場にすることを選ぶ。校長先生は、

「厳しい日常ですが、生徒は『十五歳の決断』で海を選びとったのですから、逞しいし、大人ですよ」

とおっしゃる。彼らはアミューズメントパークで育つ過程において、どこかで「自然」に強烈な刺激を受けたのだろう。

今後、自然のままの「自然」は失われ続けるだろうと思う。たとえ、人間が歯止めをかけるにしてもだ。

子供を育てる上で、自然と人工をどう与えるか。それを真剣に考える時期に来ているように思う。「自然とのふれあい」などという淡さではなく、具体化できないものだろうか。

お婆さんの忠告

何もかも全部書いていいと言うので書くが、ある日女友達のA子（さすがに実名は書くなと言われた）から電話がかかってきた。

「買い物につきあって。下町で買いたい物があるの」

下町といってもどこで何を買いたいのだろう。私がそう訊くと、彼女は電話の向こうで沈んだ声を出した。

「何も訊かないで。会えばわかるから。でも、私を見てびっくりしないでね」

A子と会うのは半年ぶりだが、何かあったのだろうか。私は心配になっていた。

そして当日、とある下町の駅でA子と落ちあった。A子は私を見るなり、

「驚いたでしょ。私のこの姿、驚いたでしょ」

と言う。私が、

「別に……。半年前に会った時と同じじょ」

と言うと、A子は怒って大声をあげた。

「半年前はこんなに太ってなかったでしょッ。もっとやせてたでしょッ」

「ううん、今と同じ」

A子は絶望して、天を仰ぎ、言った。

「そう……。私ね、恐くて体重計には一年くらい乗ってなかったのよ。でも、この頃ますます大デブになった気がしたの。だって入る服がなくなったんだもの。だから思い切って、体重計に乗ったのよ。そしたら……」

「そしたら……」

「七十キロスレスレ！」

「えーッ、ウソばっか」

「ホント？　ねえねえ、六十キロ台に見える？　嬉しいわ。でも七十キロなの」

「A子、あなた、ホントは八十キロ超えてるでしょ」

私が思わず言うと、A子の顔色が変わった。その通りらしい。私は力士ばかりを見ているせいではあるまいが、太っている人の体重はかなりよく当たる。A子の体は、どう見ても七十キロ台のものではない。

A子はすべてバレて、気が楽になったらしく、

「つきあってほしいのはウエストにゴムの入ったズボンとか、バカデカイ上着とか売ってる『洋品店』よ。私、体のどこも締めない服しか入らないんだから」

と自嘲気味に言う。確かに、そういう服は下町の、昔ながらの洋品店にたくさんありそうだ。


お昼を食べ終え、商店街を歩くと、A子でも入りそうな服を扱う店がかなりある。だが、デザインも色も柄もとんでもなくて、これを着るのは悲しすぎる。しかし、A子は、

「そんな贅沢言ってられないの。体が入りゃいいのよ、入りゃ」

と、一軒の店で選び始めた。店番のお婆さんが猫を膝にのせ、テレビを見ている。猫もお婆さんも眠たげで、私たちの方など見向きもしない。古めかしいマネキン人形が、ブカブカのブラウスやセーターを着ていたり、天井からズボンや上着やシャツなどがワンサと吊り下げられていたり、昭和三十年代にトリップしたような気になる。


やがて、A子は三点の服を選び、私の前に広げた。どれもすごい大きさだ。

「どれがいいと思う？」

そう言われても、何と答えていいかわからない。毒々しい赤のセーターは、胸に巨大な松の木が編みこんである。これを着たら「歩く能舞台」だ。泥色のブラウスは、桃色と青の角砂糖のような総柄。何とも言えない色のセンスだ。もう一枚は黒い上着だが、イカの頭のよ

うな大衿（おおえり）がついていて、それがどす黒いエンジ色。これらを着る人と一緒に歩きたくないなアと思っていると、半分眠っていたはずのお婆さんが、ギロリと目を開けている。膝の猫までギロリとA子を見ている。お婆さんはA子を一瞥（いちべつ）しただけで言い切った。

「入んないよ、アンタには。どれも入んない」

まさかと思って試着してみたA子の衝撃は大きかった。角砂糖柄のブラウスは全然入らず、松の木のセーターは何とか入った。だが、毛糸が横に引っぱられ、厚い肉で盛りあがった松の木は、ブロッコリーのよう。A子は締めつけられて、窒息寸前。イカ頭の上着は、A子の腕が太すぎて脱ぐに脱げない。ついにお婆さんが立ち上がり、言った。

「もう、商品が破けちまうよ。アンタに既製服は無理だよ。不経済だし、見ばも悪いから、既製服着られる体にしな」

そして、私と二人がかりでやっと脱がせた。

A子の衝撃の大きさは、帰り道に無口になったことでわかる。他の店をのぞく気が失（う）せたことでわかる。

それからしばらくして、A子から電話があった。

「私、命がけでやせる。あのお婆さんは正しい。何としても今年中に六十キロまで落とすわ」

今、彼女はひたすらダイエットに励んでいる。

「秋には、銀座で買い物につきあって」

と自信たっぷりなので、効果が出ているらしい。

私自身、今回は肥満の悲しさを目のあたりにして、他人事ではすまされなかった。もちろん、肥満が体に悪しき負担をかけるとか、病気を引き起こすというマイナス面は何より恐い。

だが、着られる洋服が限定される悲しさは勝るとも劣らない。

男も女も「見ばが悪い」と、楽しいことがやって来ない。楽しく生きるには、体に合う洋服を買う発想より、洋服に合わせて体を絞るという発想が必要だ。松の木がブロッコリー化していたセーターを思い出しながら、お婆さんの忠告は実に深かったと敬服している。

和菓子礼賛

私は子供の頃から、洋菓子より和菓子が好きで、中でも桜餅とは心中できるほどだ。最中も大福もドラ焼もきんつばも大好きだし、串だんご、羊羹、練りきり、あんみつに甘納豆にかるかん、ういろう、葛菓子、もう書くだけで嬉しくなってくるが、中学生くらいから結婚適齢期にかけては、「生クリームよりあんこが好き」とカミングアウトしにくかった。

というのも、私が中学生の頃は舶来礼賛の時代であり、和菓子より洋菓子の方が、番付が上だった。私が住んでいたのは東京の大田区だが、大福が一個十円の時代に、生クリームのケーキは二十五円で、みんなの憧れだったのである。そんな中で、思春期の少女としては、

「アタシ、今川焼が好き」

と言うのは恥ずかしい。

そして、結婚適齢期になると、女たちは男に「可愛らしさ」を売りこむのだが、私は彼女たちが、

「アタシ、シュークリームだーい好き。五つくらい食べられちゃうの」

　とか、

「チーズケーキを丸ごと箱に入れて贈られたら、泣いちゃう♡」

　とかぬかすのを何度も聞いた。だが、もしも私が、

「アタシ、今川焼なら五つはいけます。串団子と豆大福の詰め合わせを箱で贈られたら、泣きます」

　と言ったら、男はひるむだろう。同じことを言っても、洋菓子だと可愛いのに、和菓子だと可愛くない。この不条理に涙しつつ、私はひっそりと今川焼を五つ食べていたのである。

　もっとも、和菓子にも「練りきり」という上生菓子や茶席で頂く上品なお菓子もあるが、それらはケーキより値段が高かったり、その割には小さかったりで、一般ＯＬの日常会話に出てくるものではなかった。

　しかし、やがて社会の舶来礼賛期が過ぎ、私の適齢期も過ぎ、何よりも世の中に「日本のいいもの」を見直そうという風潮が出て来たように思う。今では誰もが「和菓子が好き」と言うし、おしゃれな女性誌が和菓子の特集を組む。それも上生菓子のみならず、おいしい豆大福の店だの、すぐ売り切れる鯛焼の店だのを、ケーキやチョコレートと同じように扱っている。ついに時代が私に追いついてくれたのね……と、カミングアウトできなかった涙の

日々を思い起こし、喜んでいる。

喜べないのはたったひとつ、女性誌が甘いものを「スイーツ」と書くことだ。「スイーツ」なんぞという何の情緒もない横文字をはびこらせたのは、間違いなく女性誌である。ケーキもクッキーも、プリンやサンデーの類も、甘いものはみんな「スイーツ」だ。いつだったか、みたらし団子やあんみつのことを「和風スイーツ」と書いてあって、何と言葉に鈍感な編集者だろうとあきれたことがある。

本来、和菓子はそういう鈍感さと対極にあるはずで、四季にちなんだ美しい名前をつけたのだから、日本人は何と繊細だろう。

それも和菓子の場合、同じ春でも初春には「鶯餅」が出て、仲春になると「蕨餅」が出る。晩春になると「桜餅」が出てくる。日本人は「春」とか「夏」とかひとまとめにせず、それぞれを三つに区切り、「初秋」「仲秋」「晩秋」などとした。四季を十二季に分けて感じる文化は、和菓子にも残っている。

夏になれば「苔清水」だの「葛桜」だのという美しい名の菓子が並び、秋には「初雁」や「桔梗」だ。冬には「風花」があり、「冬木立」があり、「雪餅」や「木守」もある。「木守」とは、葉の落ちた木に一個だけ柿や柚などの実が残っている時、それは「木を守る幸魂」だとする考え方である。これを和菓子の名につけた日本人の精神には、圧倒される。これらを

「和風スイーツ」なんぞと言えるか？　恥を知れ。

その一方で、ガサツな男社会と思われそうな日本相撲協会では、横綱審議委員会の席に、日本茶と一緒に四季にこだわった和菓子を出す。初場所の委員会では初春の、秋場所の委員会では仲秋の和菓子である。おそらく、女性職員の気配りであろうと思うが、さすが伝統社会だなァと感激し、私は「スイーツ」と言う鈍感者に向けた怒りが、少しおさまるのである。

そして先日、猪本典子さんの『イノモト和菓子帖』（リトルモア）という本の帯に「日本に生まれてよかった。」とあるのを見て、本当にこの言葉こそが、和菓子の核なのだと思った。

私はデコレーターとしての猪本さんの名前は存じあげているが、ご本人とはまったく面識がない。ただ、この本を拝見すると、やはり猪本さんが和菓子党で、「四季」を大切に思っておられることがよくわかる。ご自身で撮影された四季の和菓子の、美しいこと！

何よりすごいのは、猪本さんは、鯛焼やきんつばや豆大福にも、ちゃんと季節感を与えて撮影していることだ。これらには特に四季はなかろうが、和菓子好きの人間であればこその愛である。

そして、改めて思うのだが、和菓子は名前も美しいが姿も美しい。余分な装飾を一切取り払った姿を見ていると、クリームや果物で飾る洋菓子の美しさとは対極にあることを感じる。

と、気取ってはみたものの、猪本さんの本のページを繰るたびに、私は、

「この大福なら三個いけちゃう。このみたらし団子は五本いけて、このきんつばなら……」

とつぶやき、ああ日本に生まれてよかったと思うレベルなのである。

応援団はカッコいい！

私は大学の「応援団」に関心がある。すると二〇〇五年七月十日、新聞のテレビ番組欄に「12歳花の応援団に入部　驚きの一年」とあるではないか。フジテレビの『ザ・ノンフィクション』という番組である。

十二歳といえば小学校六年生とか中学一年生。そんな子供がどこの応援団に入るというのか。番組を見て驚いた。全国にたった一校だけ、中学校に応援団があったのだ。明治大学付属明治中学校である。昭和二十二年に創立された老舗（しにせ）の応援団で、中高一貫教育のため、あろうことか高校生と一緒に練習する。名門大学の付属となれば、十二歳の中学生であっても常に、

「オーオ、明治！」

を背負っているわけであり、これは半端ではなく鍛えられるだろう。何があっても「陸の王者ケイオー！」や「覇者覇者ワセダ！」に負けられないのだから。

実は私が「応援団」に関心を持つようになったのは、この六月五日に行われた「東日本学生相撲選手権大会」で、各大学の応援団のあまりのカッコよさに、心底ホレボレしてしまったからである。

その相撲大会は両国国技館で行われ、私は東北大監督として初めて参加したのだが、二階席はグルリと三百六十度、各大学の応援団が陣取っていた。それも絵に描いたような「花の応援団」。ガクラン姿あり、羽織袴姿あり、海軍を思わせる真っ白な制服ありだ。

試合前から、彼らはピシッと立ち、その姿の美しさよ。私はこの四月に都立高校の入学式に行き、フニャラフニャラと立つ新入生の多さにムカッ腹を立てていただけに、ピシッとした姿にうっとりした。

そして、試合が始まると大きな声は国技館を震わせ、動きは寸分違わず、ほとんど芸術品。日体大や拓大、東農大など団員数の多い大学であれ、東大や早大のように少人数であれ、応援団員としての矜持が伝わる。もう、見ていて気持ちがいいったらないのである。

相撲大会の会場には、どことなく温かさがあった。洗練されすぎた殺伐感とは無縁の、言うなれば「昭和のよさ」があった。これは相撲選手と応援団員が醸す安らぎではなかったか。

今、相撲部と同様に応援団も、年々入部者が減る傾向にあると聞く。相撲の場合は「裸になるのがイヤ」という理由も大きいらしいが、まったく何を考えているのだ。カノジョができた時にすぐ脱げる体にしておくためにも、相撲部で鍛えるべきなのだ。応援団の場合は、「縦社会の規律や礼儀の厳しさなど、古い体質が残っていそうでイヤ」ということだろうが、まったく何を考えているのだ。社会に出たら、イヤでも縦社会である。フニャラフニャラと立ち、ろくに返事も挨拶もできない人間が愛されるものか。応援団にいたという経歴は、むしろプラスになるだろう。

とはいえ、私は初めて東日本大会に参加して、各大学にはまだこんなにも相撲部員や応援団員がいるのかと驚いた。むろん、昔に比べれば「細々と」した存続にせよ、真摯にまっとうに活動していれば、必ず魅せられる若者はいるはずだ。

テレビの『ザ・ノンフィクション』では、まさにそんな二人の中学生を追っていたわけである。それも明大応援団の弟分のような名門であり、今は死語ともいえる「質実剛健」を旨とする。中一の新入生がこぞって敬遠する中、高畠周太郎君と岡田遼君の二人だけが、「男らしい」と入部した。両家の両親が「応援団」と聞いただけで困惑し、大反対するのが面白い。

が、高畠君と岡田君は頑張る。ところが、今までの暮らしとはあまりにも違う。挨拶のしかた、口のききかた、返事のしかたまで鍛え抜かれ、先輩は絶対の存在だ。合宿にOBが来ればお風呂で背中を流し、モタモタすれば怒鳴られる。気を抜けば腕立て伏せ三十回だし、十二歳だからといって、OBも高校生も遠慮しない。が、「シゴキ」という印象はまったくなく、まっとうな応援団のあるべき姿という感じである。当然、雑用の大半も二人の仕事だ。

私は、今時の子がいつまでもつかと思って見ていたのだが、二人はついに地獄の夏合宿も乗り切り、「明治高校応援団」というバッジを授与された。一人前の団員として認められ、中一なのに高校のバッジをもらい、どんなに嬉しかっただろう。

が、ここで緊張の糸が切れた。二人は些細なことを理由に、退団を決意する。要はあの地獄の暮らしがイヤになったのだ。気持ちはよくわかる。ところが面白いことに、あれほど反対していた両家の母親が、

「こんなことではやめさせません」

と一致。おそらく、両親は息子たちが逞しく変化してきたことを感じていたに違いない。

事実、現代の家庭では躾けないことまで叩き込まれ、今時の十二歳としては、みごとに男を磨かれているのである。高畠君はやせて締まって別人のようになり、岡田君は目つきが凛々しく男っぽくなり、テレビの画面からも二人の変化はハッキリわかった。

結局、二人は退団せず、中二になって新入生を指導している。私は二人が退団したがった時の、顧問の先生からの励ましの言葉が印象的だった。

「今はわからなくても、卒業したら自分のやってきたことのよさがわかるよ」

そう、本人たちは今はわからないだろう。だが、あどけなさを残した十二歳が、わずか一年で凛々しく変身した姿を見ただけでも、まっとうな応援団のよさが大人にはわかるのである。

竹刀の使い道

ある日、相撲部の落合主将から連絡があった。

「大学の教務部から電話が来まして、監督宛に宅配便が届いたそうです。僕が受け取って、監督の研究室にお届けします」

「ありがとう。何だろう」

「竹刀（しない）だそうです」

「竹刀!? あ……わかった。送り主は東京の甲斐美都里（かいみどり）って人じゃない？」

「はい、教務がそういう名前を言ってました」

「それなら、私の研究室より稽古場に持って行ってもらった方がいいかな」

「は？」

「だから、その竹刀は相撲部員をバシバシ叩いて鍛えろって、そういう意味で送って来たのよ」

落合主将、絶句である。

送り主の甲斐美都里は京都出身で、陶磁器などの修理・修復の専門家である。壊れた陶磁器を、漆を使った金継ぎで修理したり、その世界では知られた名。やんごとなき骨董品を修理、修復する技量の持ち主だが、「亡き祖母の形見なのに壊れちゃって……」と泣きつかれると、タダ同然で引き受けたり、私の女友達の中ではかなり人のいいヤツである。が、人はいいが口は悪い。私が以前にこのページに「相撲部員を鍛えるために、剣道部から竹刀を借りよう」と書いたところ、すぐにファックスが入った。

「ケチー！　どけちー！　買えー、竹刀くらい。っちゅうか買うたるわ。っちゅうか、今日買うてきたったわ。で、渡すまでに漆で御尊名を書いとくわ。

やっぱり色っぽく、弁柄(べんがら)色の漆などを調合せねば。竹刀の柄(つか)の白い革部分に書いとくから。初めは竹のところに書いて、金を蒔(ま)いて磨こうかとも思ったけど、竹のところは金では目立たない。何ちゅうても、学生を殴る角度によっては、高価な金粉がこすれてハゲる」

本当にこう書いて来たのだが、当然のように「漆の調合」だの「金を蒔いて」だのと書くあたり、さすが修復家ではないか。

彼女と親しくなったきっかけは「大学院」だった。実は、彼女も五十代で東京藝大大学院の美術研究科に合格し、文化財保存修復学を専攻したのである。むろん、その前から日本やイギリスで、修理・修復を習得していたのだが、さらに東京藝大でしっかりと学んだわけである。私が東北大の大学院に入ったと雑誌で知った彼女は、編集者を介して手紙をくれた。一面識もなかったのだが、国立大学の大学院生活はそうナマやさしくないことを、私は彼女の手紙で知り、前もって覚悟をつけておくことができたし、五十代でも学生たちと楽しくやっていけることも、彼女によって知らされ、大きな安心材料になっていた。

ともかく、こうして漆で「監督　内館牧子」と書かれた、美しい竹刀が届けられたわけである。殴られちゃたまらんと思ったのか、落合主将は稽古場にではなく、研究室に持って来たが、私はずっと研究室に置きっぱなしである。美都里サンにそれがバレたなら、

「アホー！　どあほー！　早よ殴って鍛えんか。ちゅうか、私がかわりに鍛えたるわ」

と叫ぶだろう。

が、これには深い理由（わけ）がある。私は部員を鍛える前に、この竹刀で、我が身を鍛えているのである。

ことの発端は、NHKで放送された『クローズアップみやぎ』である。これは宮城県内にだけ放送されるドキュメンタリーで、全国放送の『クローズアップ現代』の宮城版のような番組と言えるだろうか。そして、ある日、「東北大相撲部と内館牧子監督の挑戦」という内容が放送された。それを見た私は、ガク然とした。番組そのものはとても面白く作られてお

り、逆境にあえいでいた弱小相撲部の奮起を、本当によく描いてくれていたのである。

　ガク然としたのは、私の姿勢である。「精神」という意味の姿勢ではなく、私自身の体の構えである。私は自分がこうも姿勢が悪いのかと驚き、めまいがしてきた。土俵上の選手たちに対し、監督の私は上がり座敷に座って、

「もっと力こめて四股踏めーッ。フニャフニャするんじゃなーいッ」

だとか、

「もっと踏み込め！　何なのよ、その立ち合いはッ」

だとか檄を飛ばしているのだが、その背中は猫背どころか、百歳のお婆さんがチンマリと座っているような丸さ。丸い背のお婆さんが、何を偉そうに檄を飛ばしているのかと、私は本当に衝撃と恥ずかしさでクラクラしてきた。『クローズアップみやぎ』のおかげで、私は立ち姿も歩き姿もすべて、最悪の姿勢だと思い知らされた。姿勢はつくづく大切だ。姿勢が悪いというだけで、間違いなく百歳に見えてしまう。

　これはどうにかしなければいけない。五十代なのに百歳に見られたくない。私は火がつくほど焦り、その時、ハタと思い当たった。

「そうだ、竹刀だわ！」

　大相撲の相撲教習所では、新弟子が授業中に居眠りしないように、何人もの兄弟子が竹刀

を持って机の間を歩き回る。それでもつい居眠りして、背中を丸くして舟をこぎ出すと、兄弟子は手にしていた竹刀をその新弟子の背中に突っ込む。みんな浴衣姿なので、竹刀はズブッと腰まで通り、居眠りしていた新弟子は飛び起き、その背はビーンとまっすぐになる。

私はそれを思い出し、研究室に誰もいない時はブラウスの背中から竹刀を突っ込み、姿勢をまっすぐにして勉強しているのである。

老人の尊厳

七月のある日、ある会で講師が苦笑まじりに言った。

「昨今、老人から尊厳を奪ってしまったのは、医療の現場であると書いていた人がいます」

たとえば看護師が、

「おばあちゃん、今朝はいっぱいモグモグして食べたねえ。偉い偉い！」

と言ったり、若い医師が、

「どうしてここまで放っといたの。もっと早く来なきゃダメだよ。検査するから脱いで」

と言ったりということだ。

講師の話は四十人ほどが聴いていたが、突然、五十代らしき女性が言った。

「その件に関し、反論させて頂きます。私は看護師ですが、我々のそのような態度が老人の尊厳を奪ったとは思いません」

かなりの切り口上で、講師は困惑気味に答えた。

「そういう文章が目に留まったので紹介しただけで。つまり、昔は老人に対しては敬意を払っていて、子供に言うような口のきき方はしなかったわけですよ」

昨今、医師と患者は対等という方向に進んではいても、やはりまだ患者の方が弱いだろう。病の身を委ねている患者としては、医師や看護師に注文をつけにくく、尊厳だのと言ってはいられないことはあろう。

ただ、横柄（おうへい）な言動は弁解の余地はないが、子供に言うような口調の場合、医師や看護師は「親しみやすさ」や「優しさ」を出そうとしているのだと思う。つまり、患者をラクにしようと心を砕いている。先の反論した看護師も、そういうプロ意識を否定された気になったのではないか。

現に、朝日新聞七月二十八日付の「岐路のアジア」というコラムでは、フィリピン人女性ヘルパーが、特別養護老人ホームの老婦人の食事を介助している写真が出ている。フィリピン人女性はあたたかな笑顔で、

「ごっくんごっくんして。お茶飲みしようね」

と語りかけ、老婦人は大輪の笑顔でそれを受けているのだから、先の看護師の反論ももっともだ。

ただ、老人のすべてが、子供に対するような言葉遣いを望んでいるわけではあるまい。医

療の現場のみならず、向かい合う老人個々のキャラクターをつかみ、どんな言葉で語りかけるかを判断することこそプロだろう。子供に対するように語りかけることが、すべての老人をラクにさせて喜ばせると思っているなら、それは驕りというものである。

私の女友達の母親は、八十代の半ば。手術の必要があって入院した。ところが間もなく、別の病院に移ると言い張ってきかない。その理由というのが、

「担当医が失礼なの。オシッコって言うんですよ。『おばあちゃん、昨日はオシッコ、何回行った？』とか『おはよう。今日はオシッコ採ろうね』とか。私は子供じゃないんだから『尿』とか『小水』とか言えばいいでしょ。それに、あの医者は私の孫じゃないんだから、おばあちゃんなんて呼ばれる筋合いはない」

というもので、これには娘も反論できなかったという。結局、転院は諦めた母親であったが、退院後、言ってのけたそうだ。

「親しみやすぶった医者にストレスがたまったわ」

もう一人、私の知りあいの老婦人は七十代後半。ある日、大学生の孫娘の誕生日プレゼントを買うために、その孫娘と一緒に出かけた。孫娘は服だかバッグだかが欲しくて、一軒の店に入った。二人であれこれ選んでいる最中に、何かというと女性店員が、

「いいおばあちゃんね！」

「おばあちゃん、話がわかって、若ーい！」

などと言ったらしい。しばらく耐えていた祖母であったが、ついに孫娘を引っぱって店を出てしまった。

「何なの、あのなれなれしさは。それに私はあの店員の祖母ではない。なれなれしくすれば、親しみやすいかと思ってるならバカ」

と言い切った。

これと同じ意味で、私は「お母さん」という言い方も、失礼だと思う。たとえば、私が仕事で一緒になるカメラマンの中にも、

「ハイ、そこのお母さん、もっとしゃがんで。あ、いいね、そうそう。あ、そっちのお母さん、顔隠れてるよ。お母さん、美人なんだから堂々と顔出してよ」

などと言い、ドッと笑いが起きたところを逃さず、パチリ。これは親しみをこめて笑いを誘う意味で、正当なテクニックなのかもしれないが、海外旅行に行くと、よく物売りが叫ぶ。

「オカアサン、安イヨ。見ルダケ、オカアサン」

誰か日本人旅行客が教えた言葉だろうが、私の女友達は実際にこう言われたそうで、相当ムッとしていた。一般名詞として「地元のおばあちゃんたち」とか「ＰＴＡのお母さんたち」はいいが、直接語りかける言葉としては、やめた方がいい。

医療現場の言葉遣いが、老人の威厳を奪ったか否かは一概に断言できないとはいえ、中曽根康弘さんや渡邉恒雄さんに、

「おじいちゃん、オシッコ採ろうね」

と言えるか。緒方貞子さんや瀬戸内寂聴さんに、

「おばあちゃん、偉いねえ、いっぱいモグモグして食べたねえ」

と言えるか。日野原重明さんや森光子さんに、

「どうしてここまで放っといたの。もっと早く来なきゃダメだよ。検査するから脱いで」

と言えるか。この人たちは並の高齢者ではないからと言うなら、それこそ差別である。並であろうがなかろうが、子供に対する口調を欲しがる人と、そうでない人を見極める必要がある。

刺客の望郷指数

八月、私は青森県の田名部(たなぶ)町に行き、そこで面白いことに気づいた。

田名部という町は、下北半島の中心部に位置するむつ市にある。霊場・恐山の入口ともいえる町だが、八月二十日は田名部まつりがあると聞き、修士論文の調査のついでに寄ってみたわけである。恐山には何度も行っているのに、田名部という町をちゃんと歩いたこともなく、これはいい機会だと思った。そして、作家の吉永みち子さんにも声をかけ、彼女と二度目の青森旅行とあいなった。


こうして田名部の町を歩きながら、突然、あることに気づいたのだが、それは国政の選挙で「刺客」と呼ばれ、また「落下傘候補」と呼ばれ、自分とは縁のない選挙区から出馬する人たちのことについてだ。地元の人たちは、

「縁もゆかりもない土地から突然立候補して、地元への思いなんかないだろう。そんな候補者が地元のために働くわけがない」

などと言う場合が多い。実際、テレビ討論の場では、「刺客」とされる女性候補がそう言われ、反論として、

「地元のためには区議や市議、県議、都議などが細やかに働き、国会議員はそれらの相談にのり、国に働きかける。だが、国会議員には何よりも国政を考える責務がある。それぞれの議員の責務の違いをおわかり頂きたい」

という内容を繰り返していた。それはそれで理屈は通っているし、「地元」と「国会議員」のあり方も、確かに一考の余地はある。現実に国会議員が票田の方ばかりを向く傾向はあるし、地元も地元の利益を第一に考えて送り出す気持ちはあろう。だが、双方ともその意識が強すぎては、「国政」という観点からしたら矮小すぎないか。

私はそう思っていたのだが、田名部でふと気づいた。

「そうか、縁もゆかりもない選挙区から出馬する『刺客』は、望郷指数が限りなくゼロに近いんだわ。地元民はそれを感じていて、どうも好きになれないんだわ。地元のために何かやってくれるとか以前に、望郷指数がないに等しい候補者に愛情が湧かないのね」

この「望郷指数」という言葉は、エッセイストの米原万里さんの造語で、故国や故郷への愛着の強さを示す。私はこの言葉を、読売新聞の「よみうり寸評」（'05・2月2日付）で初めて知ったのだが、とても面白いコラムだった。米原さんは少女時代を過ごしたプラハのソ

ビエト学校に通っていた頃に、「望郷指数」を思いついたという。

田名部まつりは下北半島最大の祭りと言われるが、同じ東北でもねぶた祭や秋田の竿燈（かんとう）まつりのように、観光客でごった返すものではない。地元民と、祭りに合わせて帰省した若者たちを中心に、まさに「地元の人たちの祭り」である。

それが本当にいい祭りで、五台の山車（だし）が町を練り歩く。京都の祇園祭の山車に似ているのは、北前船が祇園祭をこの下北に伝えたからだという。そして祭りの最終日の深夜、五台の山車が町の四つ辻に集まる。辻の真ん中で樽酒が開けられ、見物人にまでふるまわれる。これは翌年の再会を誓う酒で、地元民が酒をくみかわすその中を、山車は一台ずつゆっくりと辻の四方へ散り、自分の町へと帰って行く。人々は提灯（ちょうちん）を揺すって見送る。この「五車別れ」は本当に美しい。それも深夜であり、北国の夜風には秋が匂う。山車が夏をのせて去って行ったんだなァ……と実感させられる。さらに、この田名部という町は独得の雰囲気がある。何しろ、町中が飲み屋街といっても過言ではなかろう。聖なる田名部神社は、四方をスナックや小料理屋に囲まれている。この俗なる飲み屋街がまたいいのである。狭い路地に紫色や黄色の灯がともり、『明美』だの『錨』だの『旅路』だのという看板が浮かびあがる。その一方で、聖なる神社には招魂の像が浮かびあがっている。第二次世界大戦の戦没者のためのもので、若い兵士の石像が、ゆらゆらと電球に照らされている。

私と吉永さんは、「五車別れ」が始まる深夜まで、招魂の石像にほど近い『ぷちマスコット』というスナックで飲んでいたのだが、聖も俗も混然一体となっているこの町は、妙に安心感と懐かしさがある。さらには二百余年もの昔に、京都から伝わった祭りへの誇りは、地元の人を見ているだけで十分にわかる。

全国のどの地域にも、独自の文化があり、独自の匂いがあり、地元の人にしかわからない何かがある。「望郷」とは、それらを懐かしみ、泣き出したくなるほどの愛惜の情を言うのだろう。よそ者から見たら平凡な山や川でも、地元の人は胸がしめつけられるのだ。

つまり、地元出身の候補者と地元民は、望郷対象を共有しているわけである。外部からの候補者がいくら「住民票を移します」とか「自分は東京出身でも、ここは父親の出身地です」などと叫んでも、地元民は彼らに「望郷指数」を感じにくいのではないか。

むろん、そんなことにとらわれない地元民も多いはずだが、もしも田名部の人間がどこか遠い地に行った時、「五車別れ」や飲み屋街の雰囲気や、電球に揺れる若い兵士の像を思い、望郷指数がはね上がるだろう。沖縄でも四国でも湘南でも東京でも三宅島でも、土地の人々は、望郷の念をよそ者にわかってたまるかと思うのではないか。

これればかりは理屈ではない気がする。「田名部まつりの翌日から急に秋になるんだよなァ」というような会話さえ、共有の望郷指数を上げるだろうから。

みごとな実況

日本人宇宙飛行士の野口聡一さんが乗った『ディスカバリー』が、エドワーズ空軍基地に帰還した瞬間、私は本当に胸を打たれた。帰還したことよりも、それを伝えるアメリカの実況放送にである。

『ディスカバリー』が滑走路にすべりこんだ時、アメリカ人男性アナは、落ちついた声で、静かに言った。

「Discovery is home」

何と美しい言い方だろう。私はてっきり「return」とか「come back」とか言うのだろうと思っていたので、この美しい言い方に虚を衝かれた。そして何よりも、男性アナの静かな声と口調に、つくづく感動した。『ディスカバリー』は断熱材の塊がはがれるトラブルがあり、無事に帰還できるのかと心配もされていただけに、たった一言の、

「Discovery is home」

は百万語に値する。それればかりか、打ち上げと同時に爆発した『チャレンジャー』や、帰還直前に空中分解した『コロンビア』の惨事も甦り、まさに万感迫るのである。

　もしも、もしも『ディスカバリー』の帰還を日本で実況したらどうなるか。まず間違いなく、絶叫実況だ。おそらく、次のようにしゃべりまくるだろう。

「あーッ、着いたッ。脚が地面に着きましたッ。世紀の一瞬ですッ。数々の懸念をものともせず、ディスカバリーはその雄姿を、今、再び地球の我々に見せてくれましたッ。曇り空の向こう、あたかも無事の帰還を祝福するかのように、雲が切れました。ああッ！　突然美しい光がさしましたッ。祝福しています。空も祝福しています。お帰りなさい、ディスカバリー。おめでとう、ディスカバリー。みごとな船外活動の野口さんッ、よくやってくれました。あなたは日本人の誇りです！　今は何よりも、無事の帰還を喜びあいたいと思いますッ。おめでとう、ディスカバリー。お帰りなさい、地球へ！」

　そして、アシスタントの女性アイドルタレントが、舌足らずの言い方と高音域の声を作り、騒々しくコメントするのだ。

「何かすご〜い。って言うか、本当に着陸した瞬間とかは『え!?』って感じ。ぶっちゃけ、前のコロンビアとか燃えちゃったじゃないですかァ。宇宙飛行士とか死んだりとかして、やっぱ心配とかってするじゃないですか。私的には、やっぱすごーいとかって形ってかァ、お祝いとか言ってあげたいかなみたいな。お帰りなさーい!!」

これらを、たった一言の、

「Discovery is home」

と比べてみたいものだ。騒々しくて、愚にもつかなくて、私的にはもう実況とかはいいから家とかで寝ててくれとか言いたいかなみたいな感じである。

実況というのは、とても難しい技がいるのだと思う。だからこそそのプロであり、そのプロの技にお金が支払われるのだと思う。

私は古舘伊知郎さんのプロレス実況が好きだった。絶叫型ではあるのだが、古舘さんは綿密な計算の上に成り立たせていたはずだ。それはまさにプロの技であり、「プロレス」という摩訶不思議なスポーツの実況として、マニアックなファンをうならせ、一時代を築いた。だが、あの実況は他のスポーツには合わないし、花火大会や祭りの実況にも合わない。社会的事件の現場中継にも合わない。プロレスだけのものである。

ということは、そのジャンルに応じた実況というものがある証拠で、アナウンサーはどういう状況を伝え、その背景はどうなっているのかをつかむことも要求される。『ディスカバリー』で言えば、計十四人もの犠牲者を出した過去の惨事や、今回のトラブルに加え、今後のシャトル計画の凍結なども背景にある。そうなると、「空も祝福してる」だの「宇宙飛行士とか死んだりとかして」なんぞとしゃべりまくるのは、全然背景をつかんでいないことになる。日本の場合、スポーツも祭りも宇宙からの帰還実況も、バラエティ番組の司会も、何もかも同じにやっている。……とまでは言わないが、

「Discovery is home」

の一語を耳にした時、やはりまだ日本は幼稚だと思わざるを得なかった。

以前、私は某ラジオ局の会議で、アテネ・オリンピックの実況番組を試聴したことがある。局の女子アナが観客席から中継したり、選手にインタビューしたりするのだが、全然伝える力がない。ただただ、観客の一人になって「キャー」だの「ウワァ」だのと叫び、あとは興奮した口調でありきたりの状況説明である。

会議では出席者たちから、

「こんなレベルの人たちを、アテネまで派遣してはならない。物見遊山（ものみゆさん）のギャルと変わらないではないか」

という声が続出したが、反論できまい。

また、かつて、私は雑誌で宇宙飛行士の向井千秋さんと対談したのだが、向井さんは、地球について次のように語っていた。

「品格があって、貴婦人を見るよう。光を反射するものが何もない宇宙空間の暗黒は、地球

では見たことのない漆黒なんです。その中に星が満天で、こんなに星があるのかというくらい。地球は透明感があるブループラネットで、きれいなレースのベールにくるまれたような姿で、ゆっくりと回っている。それはそれは品格があって、もうひれ伏すというか……」

実況者は、そういう状況を実際に見ていなくても、想像する力は不可決。それによって実況のトーンが決まるだろう。「場を読む」という意味でも、アナウンサーという仕事は誰にでもできるものではないと改めて思わされている。

同期会の会場で

戦後六十年の八月、中学の同期会が開かれた。

私は東京の大田区で育ち、区立雪谷中学に通っていたのだが、何しろ戦後三年目に生まれた団塊の世代。ベビーブームというのはすごいものであり、中学も一クラスが六十人前後で、H組まであった。一学年に約四百八十人もいたことになる。今にして思えば、あれは社会の縮図そのものだった。あまりに人数が多くて、親も教師も一人一人に細やかな心配りなんぞしていられないのである。当然、みじめな思いや挫折は多く、そんな中にあって、私たちは自分で色んなことをつかみとっていった。立ち直り方も、助け合い方も、大人に教わるというよりは同年代にもまれながら体得していったように思う。

久々にそんな同期生たちが集まった中で、A君が会場を見渡しながら、私にポツンと言った。

「みんな人生に色んなことがあって、そのたびに必死になって……ここまで生きてきたんだろうな。な」

そして、照れたように私の肩を叩くと、お酒を取りに歩き去った。すると、B君がやってきて、

「ヨッ、オリーブ。元気にやってたか？」

と笑う。「オリーブ」は中高時代の私のあだ名で、あの頃の私はポパイの恋人のオリーブのように細かった。B君は中学時代からハンサムで、スポーツマンだったが、今もその容姿はまったく衰えていない。私がそう言うと、彼は、

「とんでもないよ。ホントに色々あったよ。何せ、長男が知的障害を持って生まれてね。もう成人式も過ぎたけど」

と、私のグラスにビールを注いだ。そして、

「障害を持つ子供は、しっかりしたいい親のところに授けられるんだってよ。だから俺、全然隠してないし、周囲も理解あるし、あの息子を授かってよかったって、今は思うよね。とにかく純粋で、人間って本来はこういうものなんだなァって、俺や女房の方が癒やされたり、励まされたりするんだよ。もちろん、心配事も多いけどな」

と微笑した。私はとっさにB君の手を握った。

「ここで待ってて。今、晴美(さえみ)ちゃんを呼んでくる。きっと情報交換できるから」

晴美ちゃんは、結婚後に移り住んだ仙台市で『わらしべ舎』という障害者施設を運営している。彼女も一人娘の洋子ちゃんが、障害を持っている。私は中学卒業以来、彼女と会う機会がなかったというのに、東北大の院生時代、仙台の朝市（ここは一日中やっているのに、なぜか「朝市」という）で四十年ぶりに会った。私がサンマを買っていると、突然、

「オリーブ⁉」

と声をかけられたのだ。晴美ちゃんは中学生の頃と同じ笑顔で、

「娘がね、障害を持っているの。重いのよ」

と言った。市場のドマンナカで、サンマを片手にこんなことをアッケラカンと言う人はかなり珍しい。晴美ちゃん、昔のまんまだ。

「オリーブ、施設に遊びに来てよ。障害を持つ子供のいるお母さんたちと施設を立ち上げて十五年なの。家計からお金を出しあってアパート一間から始めたんだけど、今は十八歳以上が三十人もいて、とても楽しくやってるのよ」

「行く。遊びに行くわ」

「ホント？　おいしいカレーをごちそうする。カレーショップも経営していて、おいしいって評判なのよ。プロにしっかりと伝授された味で、厨房も接客も全部、施設の子たちよ」

こうしてある日、私は大学院の授業終了後、『わらしべ舎』に遊びに行った。行ってみて

びっくりした。立派な建物もさることながら、子供たちが職員やボランティアスタッフと一緒に、何と活発に生き生きとやっていることか。さらに驚いたのは、施設に隣接したカレーショップ『桜蔵（さくら）』だ。しゃれたログハウスのような店で、プロから伝授されたカレーは、こっくりとした深みのある味。知的障害を持つウェイトレスに、客はごく当たり前のように、

「飲み物は先に下さい。コーヒーは砂糖なし、ミルクだけね」

などと難しいことを言う。だが、ウェイトレスは訓練の賜（たまもの）で、

「かしこまりました」

と、動じない。

やや障害の重い子供たちは、工房で『涼蘭（すずらん）』というブランドの粉石けんを製造したり、手工芸品を作ったりしている。『涼蘭』は生協におろし、手工芸品はレトルトカレーと共にカレーショップの売店で売られる。彼らにとって、来客はどれほどの励みになるだろう。仙台に行くことがあれば、ぜひお立ち寄り頂きたいし、地方発送もできる。施設も店も、太白区西多賀三丁目一―二十五（☎０２２‐３０７‐６３２０）で、見学はいつもオープンである。

私にすぐなついた娘に喜びながら、晴美ちゃんは言った。

「最初はへこんだけど、何もかも私の人生なの。娘はたくさんのことを私に教えてくれて、

小さいことにも喜びを感じさせてくれて、この娘と出会えて本当に幸せよ。だから、『わらしべ舎』では隠したりせずに、一般の人たちと接触しながら、理解の輪を広げる姿勢でやってきたの」

同期会の会場で楽し気に話すB君と晴美ちゃんを見ながら、私はA君の「みんな人生に色んなことがあって、そのたびに必死になって……ここまで生きてきたんだろうな」という言葉を思い出していた。厳しい世代ではあったけれど、だからこそ逞しいこの人たちと、大勢で一緒に年齢（とし）を取っていくのは、何だかとても心強い気がした。

おいしい仕事

以前からずっと圧倒されていたのだが、今回という今回は、もう別の惑星人を見ている感動があった。

衆議院選挙の立候補者たちに対してである。

すべての立候補者がそうだとは思わない。だが、傾向としてあそこまで「自分を捨て」、「プライドを捨て」、「主義主張を捨て」、「笑いものにされ」、「頭を下げ」、「腰を折り」、「両手をつき」、「恥をさらし」、それでも敢然と選挙戦を戦い抜く精神力は、これはもう並の人間の範疇を超えている。言うなれば、「人間の尊厳」の部分を売り渡すに近い行為であり、そうまでしても戦う強靭な精神力は、プロスポーツ選手だって及ぶまい。

立候補さえしなければ、その多くは暴露（あば）かれずにすんだ「恥」である。過去には学歴詐称をスッパ抜かれワイドショーでもさんざんいじられたあげく、辞職した議員がいた。今回も不倫メールが暴露かれたり、元の職場での不評や無能ぶりを書きたてられたり、票のためにはコロッと主義主張を変える品性を嘲笑されたり、いずれにせよ、立候補しなければ恥をかく必要はなかった。

が、それでも彼ら彼女らは、不撓不屈の精神で国会議員をめざす。それまでの人生にはありえないはずの「土下座」さえいとわない。時には夫婦で土下座する。立候補者の多くは華々しい経歴を持ち、不特定多数の靴を舐めるような行為は、立候補さえしなければ、せずにすんだ。

が、それでも彼ら彼女らは、選挙に立ち向かう。そればかりか、息子や娘を「二世議員」として跡を継がせようと必死になる。並の考え方だと「国政は責任も重く、地味な仕事である上に、選挙では大恥もさらす。それでも当選する保証はない。こんな思いは我が子にはさせたくない。絶対に別の仕事に就かせる」となりそうだが、そうはならない。

こう考えると、国会議員という仕事には、強烈なモチベーションを喚起する何かがあるということだ。たとえ尊厳を売り渡し、靴を舐めても、我が身をつき動かす何かがあるということだ。その「何か」とは何なのか。きっと圧倒的多くの立候補者は、

「この国をどうにかしなくてはいけないという、その思いにつき動かされている。日本のために、身を捨てても尽くしたい」

と言うだろう。そしてたぶん、圧倒的多くの国民は、その言い分を信じないだろう。現に

私の友人たちは、私の問いにケロッと言った。

「国会議員になぜなりたいかなんて、不思議でも何でもないわ。すごくおいしい仕事なのよ、絶対」

「恥さらしも土下座も、バッジさえつけければ帳消しになるほど、おいしい仕事だってこと。でなきゃ、子供に継がせないよ」

「権力を手にしたい。それだけだろ」

「立候補者の中には、本業で先が見えてきたヤツも多いだろ。政界は、時に本業で場のないヤツを受けいれてくれる。本業では『もうアナタの時代じゃありません』って言われてるヤツらが、選挙に勝ちさえすれば、やり甲斐のある仕事と権力と地位を保証される。そりゃ土下座だって何だって平気でやるさ」

「議員の子供には、他の業界じゃ使いものにならないような息子や娘がいるもんな。政界に入れるしかないってか」

友人たちはこう言い、笑った。私自身、確かに友人たちの言い分を納得しないと、「なぜ、あそこまでの思いをして立候補するのか」のおさまりがつきにくい。

かなり前のことだが、私がプライベートで男友達とお寿司屋さんにいると、突然、見知らぬ男の人がカウンターの私の背後に立った。

「内館さんですよね」

私が「はい」と答えると、その彼は言った。

「向こうの離れに、国会議員の○○先生がいらっしゃっています。私は○○先生の秘書ですが、内館さんがいるなら、離れに来るようにと○○先生がおっしゃっておいでです。ちょっと離れまで挨拶に来て下さい」

こんな非常識な話がどこにある。第一、自分のボスに敬語を遣い、他人には遣わずに、あげく命令口調なんて、他の業界ではありえない。私は、

「ごめんなさい。○○さんをよく存じあげませんし、私から離れまでご挨拶に伺う必要もないと思いますので、失礼します」

と言った。秘書は「鼻っ柱の強い女め」という顔でひとにらみし、戻って行った。が、やがてまた来た。

「○○先生がどうしても呼んで来いとおっしゃって私も間に立って困るんですよ。ちょっと庭から回って来て下さい」

と言う。また断ると、やがてまた来た。今度は上からものを言う。

「○○先生だけじゃなくて、実は△△先生もご一緒なんです。両先生がお会いしたいっておっしゃるなんて、そうないですよ。挨拶に来て下さいよ」

ついに男友達が言った。

「民間では会いたがってる方が足を運ぶものなんです。そちらの方が会いたがって、彼女は別に会いたがってない。そちらからここに来るのが筋ですよ」

秘書氏はスゴスゴと戻って行った。するとびっくりしたことに、その「両先生」が庭下駄を引っかけて、カウンターに来たのである。

私はとびっきり愛想よく、

「わざわざお運び頂きまして、申し訳ありません」

と言い、「両先生」は決して感じは悪くなかった。だが、いつだって他人を呼びつけて、選挙の時だけ両手をつくんだろうなという思いは、今も消えない。

秋の夜の与太話

　ある晩、女友達のA子とB子と三人で食事をすることになった。B子は出張先から来るため遅れると連絡があり、私とA子はオリーブをつまみながら白ワインを飲んで待つことにした。

　A子は冷えた白ワインを手に、私に言った。

「あなたって何が何でも白ワインよね。それも冷凍寸前ってくらいに冷えてる白」

「うん」

「私、びっくりしたのはどっかのレストランで、すごくいい赤を勧められて、私とB子はそれにしたのに、あなた、『私には白を』って言って。店主が『白はいいのがないんですよ』って言ったら、あなた、ニッコリ笑って『いい赤より、よくない白を。私、ワインも男も趣味が片寄ってるんです』だって」

「そんなこと言った？」

「言ったわよ。店主が大笑いして、あなたの白をタダにしてくれたじゃない。どうせ安物ですからって」

「タダにしてもらったことは覚えてるわ」

「そのタダのワインにまで注文つけてサ、『もっとキリキリに冷やして下さい。グラスに唇がくっつくくらい、やみくもに冷やして』って言うもんだから、店主がまた大笑いして、『いっそ、ビールみたいにグラスも冷やしますかね』って。あなた、『早く飲みたいから、そうして』って」

「そんなこと言った?」

「言ったじゃない。店主がまた大笑いするから、私とB子はバカにされると困ると思って言い訳したんだもん。『この人、こう見えてもソムリエスクールを卒業していて、世界一のソムリエの田崎真也さんとも仕事してたんです。能ある鷹は爪を隠すなんです』って」

「そんな言い方じゃなかったわよ。『この人、ソムリエスクール出たのに、赤と白の色の区別しかつかないんです』って言った」

「へ? そうだっけ?」

「そうよ。で、『能ある鷲は爪を隠すってわけじゃなくて、ホントに無知なんです』って言ったから、店主が大笑いしたのよ。何が鷲よ。鷹でしょうが」

「B子が間違えたのよ」

「そ、B子。何しろあの人、『目には青葉　山ほととぎす　花がつお』って言った人だから」

「あの時、私が『初がつおでしょ』って転がって笑ってたら、マキコがフォローしたのよね。『目には青葉　山ほととぎす　削り節（ぶし）』って言わないだけ立派よって。アーッハハハ」

「B子ってサ、もうひとつ間違ったじゃない」

「キャー！　覚えてる！　あれはひどかった。食事の席では言えない」

「大丈夫。今はまだオリーブしか出てないから。ケチな人のことを『出すものは舌を出すのもイヤ』っていうのを……」

「『出すものは尿を出すのもイヤ』って間違えた。で、またマキコがフォローした。『出すものは便を出すのもイヤ』よりはマシよだって。脚本家ってとっさによくセリフが出るよね」

「まったく、商売物のセリフを無駄遣いしたわよ」

「シッ。B子が来た！　あらァ、B子、早かったね」

「久しぶりィ！　ゲ、また白飲んでる。またグラスに唇がくっつく冷たさですか？　まったくグラスに唇がくっついてどうすんのよ。もっと色っぽいとこにくっつくもんなのよ、唇は。ね、マキコサン」

「マキコにそう言っても無駄よ。ワインも男も趣味が片寄ってんだから」

「そう言ってくれますけど、二人とも、私には結婚約束した人がいるのよ」

「えーッ!?」

「マ、マキコ、今、何て言った？　え？」

「何びっくりしてるのよ。ちゃんといるのよ、私」

「信じられない……」

「別に言うほどのことじゃないもん。ホラ、もてない女に限ってギャンギャンとアピールするじゃない。私、そういう女と違うから」

「いるわけないわよ。絶対ウソ。じゃあ相手は誰よ」

「テレビ局のディレクター。離婚して独身で同い年」

「ちょっとォ、B子、何かホントっぽいよ。結婚したらつきあいが悪くなるから淋しいよ……。B子ォ」

「A子、騒ぐな。絶対ウソよ。『ウソつきはコソ泥の始まり』よ」

「あ、B子、また間違った。『ウソつきは泥棒の始まり』よ。ね、マキコ」

「そうだけど、B子、『ウソつきは強盗の始まり』って言うよりはマシよ」

「あ、脚本家またフォローした」

「A子もB子も信じないなら、ここから彼に電話しようか。『マキコと結婚するんですか？』

って訊いてみて。彼、『はい、約束してます』って答えるから」

「ウェ～ン、ホントっぽいよォ。淋しいよォ……」

「A子、泣き叫ぶなッ。いつ結婚するのよ。いつ⁉」

「七十五になったら」

「七十五⁉」

「うん。でもね、やっぱり七十五じゃ若すぎるなって思い始めてね、最近」

「七十五で若すぎる……」

「だからこの前言ったの。九十五にしましょって」

「九十五⁉」

「うん、そしたら彼、九十五まで待てないって。だから間をとって八十八にしたの」

「何だ、そんな与太話か。八十八なんて、どっちか死んでるよ」

　ホッとしたA子がそう言うと、B子はバカにしきった目で言った。

「いい話だわァ。八十八で結婚なんて。夏も近づく八十八夜に挙式しなさいよ。いい季節よ。目には青葉　山ほととぎす　花がつお」

　相変わらず、間違ったままのB子であった。女友達より面白い夫なんてそういるものではないと思うと、結婚は百でもいいなと考えたりもする秋の夜であった。

「ボーイフレンド代表や」

私の父が心筋梗塞で急死したのは、平成八年四月のことだった。

その告別式が始まって間もなく、遺族席に座っている私のところに、受付係を引きうけてくれた出版社の人が来て、耳うちした。

「ダイエーの中内㓛さんがいらしてまして、遺族席に座るとおっしゃってますが」

驚く私に、彼はなおも耳うちした。

「ニコリともせずに『牧子さんのボーイフレンド代表や』っておっしゃって……」

と言い終えた時には、中内さんはすでに真っすぐに遺族席に入って来られていた。親戚の者はもとより、弔問客もその姿にびっくり仰天したが、中内さんはごく当たり前のように座られた。それればかりか、弔問客一人一人に、遺族と同じように頭を下げていらしたのだから、
後日、私はどれほど多くの人から、

「中内さんと親戚なの?」

「中内さんとどういう関係なんですか」

と質問されたことか。

先日、ダイエーの創始者中内㓛さんが亡くなられたと知った時、私がとっさに思い浮かべたのは、遺族席で弔問客一人一人に頭を下げていらした姿だった。いつものように恐い顔で、むしろ憮然とした表情で、それが妙におかしかった。

中内さんとは、月刊誌の対談で初めてお会いしたのだが、それは父が亡くなる一年前の平成七年だった。今はもう休刊して久しい『Ｔｈｉｓ ｉｓ 読売』という雑誌で、私は毎月、対談のホステスをしており、政財界、スポーツ界、文化界、芸能界等の第一線の方々をゲストにお迎えし、それは楽しい仕事だった。

ところが、中内さんの時だけは楽しくなかった。それればかりか険悪なムードが漂い、後で編集者が、

「中内さんか内館さんかどちらかが、怒りのあまり途中で席を立ってしまうだろうと覚悟していた」

と言ったほどである。

対談は浜松町のダイエー本社で行われたのだが、中内さんの表情は明らかに「何だって、こんな小娘の対談につきあわなあかんのや」と語っており、初対面の挨拶もなく（本当であ

る）、不快げに椅子に座って無言。私は困惑しながらも、

「テレビドラマをご覧になるお時間はおありですか」

とにこやかに世間話から始めた。すると、中内さんが何と答えられたか。

「（あんなもの）見るだけ時間の無駄でしょう」

私はカチンときた。

「書いている私に向かってそうおっしゃいますか」

そう言う私に、中内さんはバカにしたように答えた。

「大体、結末はわかっておるでしょう。大体、想像したようなね」

これを聞き、私は天下の中内㓛に、喧嘩を売ってしまったのである。

「なるほど、そうきますか。それなら私も思った通りに話しやすいです。中内さんに対する私のイメージは、ワンマンで血も涙もない。これです」

中内さんはニコリともせずに返された。

「そんなことはない。切ったら赤い血が流れる普通の人間です」

「普通とおっしゃいますけど、マスコミに出た写真で笑顔のものは見たことがありません。あげく、席に着かれるや『テレビドラマは時間の無駄だ』って、これは普通の人の挨拶じゃありません」

雑誌の限られたスペースでは割愛せざるを得なかったが、ここから通常の対談に至るまでが本当に大変だった。とは言え、中内さんの経営哲学は面白く、よくもここまで冷徹に言い切るものだと何度も思い、それはまた、どこかで小気味いいものでもあった。たとえば次のような語録だ。

「きちんと成果を出す人間がいい。白い猫でも黒い猫でも、ネズミをとる猫がいい猫だと言っておる」

「努力しても結果を出せない人間？　成果のない人は努力されたら困るね。早く家に帰って下さいということですね」

「日本にはビジネスマンはおらん！　サラリーマンはたくさんおるけどな。サラリーマンは言われたこともできない。ダイエーはサラリーマンが多いですな」

「何が起こってもびっくりせんことですな。天下大乱のときは、固定観念とか今までの常識が通用しなくなる。〝こうあるべき論〟を、もういっぺん根底から考え直す必要がある」

この対談の後、なぜか中内さんはよくお誘いの電話を下さるようになり、二人で何度も食事をした。

もっとも、中内さんはお酒をまったく召しあがらず、私が一人でワインを空けてはしゃべりまくる。中内さんは聞き役一方で、よく、

「あんたはバズーカ砲や」

と言われた。誕生日には必ず花を贈って下さったり、旅先からはいつも絵ハガキが届いたり、初対面のバトルが嘘のようだった。

最後にお会いしたのは、亡くなる二年ほど前だろうか。紀尾井町の流通科学大学の応接室で、お茶とお菓子を頂きながらとりとめのない話をした。すでにダイエーは大変なことになっていたが、中内さんは最初にお会いした時と同じように憎たらしく、言いたい放題で、私はそれが妙に嬉しくて安堵したことを思い出す。

その後、田園調布のご自宅を売却する等々の報道がある中、私はいつも通りに相撲の番付を送り、中内さんからはいつも通りに礼状が届き、毎回、憎たらしく相撲界を一刺しする文章がそえられていたものだった。

強面(こわもて)でいながら、純真だった「ボーイフレンド」は、おそらく「何が起こってもびっくりせんことですな」と、悠然と最期を迎えられたに違いないと思う。

無記名の抗議

無記名の手紙を頂くことがある。あるいは明らかに仮名とわかるような、例えば「京都在住　鈴木花子」といったケースもあるし、「三十歳のＯＬより」とか、「八十歳の一老人」などと書いてくるものもあるが、いずれにせよ、どれも差出人の住所も名前も明らかにしていないわけである。

こういう手紙は、大きく二種類に分けられる。

ひとつは肯定的な内容のものである。先日も八十代の男性読者から「毎回、『暖簾にひじ鉄』を読んでいます。もう五十回くらい笑わされた。本当にありがとう」という手紙を頂いた。とても嬉しいお便りであったが、名前も住所もなかった。おそらく、ご自分の気持ちが伝わればそれでいいということだろうと思うし、実際、ほめて下さったり、同意して下さったりする手紙に、無記名のものは少なくない。

これに対し、もうひとつは抗議や反論の手紙である。無記名や偽名は、圧倒的にこちらが多い。こちらも二つのタイプに分けられる。

ひとつは、「テメエ、バカヤロー。死んじまえ」の類の殴り書きで、支離滅裂の悪口雑言のものである。もうひとつは、きちんとした文章で、きちんとした意見を書いてくるのだが無記名タイプ。

私が最も嫌いで、恥ずかしいと思う無記名は、このきちんとしたタイプである。「テメエ、バカヤロー」とののしるのに名前は書けないという心理は、どこかで共感もする。それに何しろ文章は支離滅裂で、字もメチャクチャで、まともに相手にできない。不快感よりも笑うしかない。

ところがだ。筋道を立ててきちんと書いているのに無記名というのは、非常に不快である。自分の素性は隠しておきながら、とうとうと自説を述べ、相手をこきおろす。恥を知るべきだろう。これも抗議が伝わればいいということにせよ、抗議は反論として責任を持つべきものであろう。まして、抗議される側が顔も名前も出して行動しているのに、反論者は一切の素性を隠し、上から物を言う。無記名ということは、責任を負う度量がないのである。

例えば、私宛に相撲協会への抗議をしてくる手紙は多い。だが、私は無記名投書の内容は、一切、相撲協会には伝えない。責任を負う度量がない人間の反論を伝える気はまったくない。当たり前のことだ。

二〇〇五年九月場所は、二日目の朝青龍に対して抗議が多かった。初日、普天王に敗れた朝青龍は、二日目の黒海戦でボクシングのような相撲で勝った。つまり、格下の黒海をボコボコに殴りつけての勝利。これは横綱の取るべき相撲ではないとして、多くの方から猛抗議の手紙を頂いた。記名の手紙もあったが、

「朝青龍、テメエ、死んじまえ。モンゴルに帰れ」

　というタイプの無記名も多かったし、また、

「朝青龍は大きく口を開けて、何とも云えない醜悪な顔で黒海を打ちのめし、さらには勝った後の横柄な態度。勝ちさえすればいかなる態度をとってもよいという心根、親方が注意をされないならば、協会のお偉い方々が物申されないのかと不審に思います。あのような人間を、ただ強いというだけで横綱に推した協会の責任は大きい」

　と、これはきちんとしたタイプの無記名である。ドラマに関してもよく抗議されるが、例えば、

「出演者の××（手紙では実名）は、あまりにも演技がパターンで下手で、全然感情移入ができません。演技というものは、人間の心の奥深くにある感情を表現するものです。顔だけで笑ったり泣いたりするのなら誰にでもできます。そこをしっかり指導しないのはなぜですか。だから日本の芸能界はダメなんだということを、出演者も制作者ももう一度考えるべき

です」

と、これもきちんとした無記名。また、東北大相撲部員の叱咤激励用に私の女友達が竹刀を贈ってくれた話を書いたところ、無記名の抗議がきた。

「竹刀は剣道の道具であり、暴力用の道具ではありません。それなのに、どこの世界でも活を入れるとかで竹刀で叩いたり、脅したり。日本古来の武道である剣道の、その竹刀を別の用途に使うことを、なぜ日本人は平気なんでしょうか。無礼なことです」

おわかりの通り、いずれもきちんとした意見であり、所感であり、何も無記名にする必要はない。名前を明らかにすれば、私がチクって、朝青龍や俳優や相撲部員が「刺客」を飛ばすとでも恐れているのだろうか。

また、電話での抗議は、すべて秘書のコダマが対応するが、九割以上が名を名のらないという。相撲に関する抗議の他、都教育委員会に関するもの、ドラマに関するもの、エッセイに関するものの順であろうか。

同じ人が連日電話してくる場合もあり、コダマを怒鳴りちらす人もいるそうだ。朝青龍について毎日電話をしてきた婦人は、コダマに、

「アンタ、私の言うこと聞いてんのッ。ちゃんと内館に伝えなさいよッ」

と叫ぶばかりで、名前は絶対に答えないという。

また教育委員会のことで、毎回感情的に叫ぶという婦人は、毎回コダマに名を問われ、とうとう「品川区のアライ」と言ったそうだ。だが、次回の電話では本人がその名を忘れていたというから笑える。

電話は九九パーセントが女性からだ。無記名の手紙も判読した限りでは、女性ではないかと思うものが多い。偉そうなのに腰が引けてる女はカッコ悪いと、我が身に言いきかせている。

人生十二ラウンド論

十月のある夜、ひょんなことから週刊朝日の「コンセント抜いたか！」と「暖簾にひじ鉄」のスタッフが、神楽坂で合コンとあいなった。嵐山光三郎さんをはじめ、両連載の担当編集者の男性五人に対し、女性は大滝まみさんと私だけという幸せ。でも、「コンセント抜いたか！」のイラストの渡辺和博さんだけが欠席で残念だった。

その時、私と大滝さんは、

「嵐山さんって、何かカッコいいよね」

と話していたのだが、帰りの車中で、男性編集者の保科さんも同じことを言うではないか。そうか、きっと他の男性編集者もそう感じているかもと思った私は、ご本人から頂いたばかりの文庫本を車中で取り出した。読もうというのではない。「著者紹介」の年齢を見ようというのだ。一九四二年生まれとある。私はその文庫本『寿司問答　江戸前の真髄』を手にしながら、深い考察をめぐらした。その中にある「図示問答　男前の真髄」についてだ。

この考察は「女前の真髄」にも当てはまると思う（「女前」は「おんなっぷり」と読んで頂きたい）のだが、やはり男も女も勝負を決するのは六十代だと、私は夜の神楽坂で悟り、車中で、

「人生十二ラウンド論」

を生んだのである。「車の中で思いつくような安易な論考かよ」と言う人もあろう。が、この概念を知った人は、「勝負を決するのは六十代」ということを心底納得するだろう。

「ラウンド」とはボクシングで戦う「回」をいう。プロボクシングは最大十二ラウンドで成り立っており、一ラウンドつまり一回は、三分間である。各ラウンドが終了すると、選手はリングのコーナーで一分間の休憩をとる。その時、ここまでのラウンドを振り返り、トレーナーと作戦を立て直したりもする。トレーナーのアドバイスは大きい。

そこで、「人生十二ラウンド論」である。あの夜、車の中で、私は人生八十年を十二ラウンドに分けることを思いついたのだ。一〇一ページに表示したのでご覧頂きたい。つまり、〇歳から六・六歳までの乳幼児が人生の一ラウンドめであり、六・七歳から十三・三歳までが二ラウンドめを戦っているということになる。

そして、プロボクシングには段階があり、誰でもすぐに十二ラウンドは戦わせてもらえない。アマチュア経験者など例外はあるが、基本的には誰もがC級の四回戦からスタートする。

「四回戦ボーイ」と呼ばれる彼らは、ボクシングの何たるかもまだわからず、打ち方も逃げ方もわからず、ただただガムシャラに戦う。その試合は、テクニックがないだけに必死で純で、見ていて胸を打たれることが多い。やがて練習と経験を積み、戦績もクリアしてB級にあがれば六回戦を戦える。さらにA級にあがれば八回戦だ。八回戦選手になると、さすがにテクニックもついて、ボクシングらしくなってくるし、チャンピオンベルトもチラチラしてくるのだが、ここからが険しい。日本王座のベルトを賭けて戦うには、もうひとつ上の十ラウンド選手にならないといけない。そして、それに勝ってベルトを巻き、何度か防衛した後に、やっと戦えるのが十二ラウンドの世界王座戦である。

この「人生十二ラウンド論」が我ながらスゴイと思うのは、ボクサーのランクがすべて人生とダブることだ。左図を見ればわかる通り、人生の四回戦ボーイは生き方もわからず、ガムシャラな年代だ。人生の六回戦は、B級の下積みで先が見えない。A級になったとはいえ人生の八回戦選手は、チャンピオンベルト、つまり役員の椅子を手にできるかどうか予測はつかない。結局は、四回戦ボーイ時代から色んな経験を血や肉にして、めげては立ち上がり、男としてのスッタモンダも乗り越え、相撲で言う「地力」をつけた者のみが生き残るのだと思う。ボクシングジムの親しいトレーナーは、

「男として、いいことも悪いことも十分に経験してないヤツには、ベルトの重みなんて耐え

られないよ」

と言っていた。

で、図示の通り、嵐山さんは十ラウンド選手。どこから拝見しても「男としていいことも悪いことも十分に」という雰囲気が漂ってるし、これじゃあ、五ラウンドや六ラウンドの編集者は憧れるよなァ。カッコいいと思うよねえ。まして三ラウンドや四ラウンドの若いだけの兄（アン）チャンなんて勝ちめないって。

ラウンド	年齢	戦えるランク
1 R	0～6.^{6}歳	
2 R	6.^{7}～13.^{3}歳	
3 R	13.^{4}～20.^{0}歳	
4 R	20.^{1}～26.^{7}歳	C級はここまで
5 R	26.^{8}～33.^{4}歳	
6 R	33.^{5}～40.^{1}歳	B級はここまで
7 R	40.^{2}～46.^{8}歳	
8 R	46.^{9}～53.^{5}歳	A級は8 R以上
9 R	53.^{6}～60.^{2}歳	
10R	60.^{3}～66.^{9}歳	日本タイトル戦
11R	67.^{0}～73.^{6}歳	
12R	73.^{7}～80.^{3}歳	東洋太平洋戦・世界戦

　さらに「人生十二ラウンド論」がスゴイのは、図の通り、ラウンドごとの休憩が、人生のちょうど問題時期に重なっているのである。三ラウンドと四ラウンドの間は「成人」だし、五と六の間は「出産はどうする？」の時期だし、九と十の間は「定年後どうする？」の時期だ。この時にじっくりとコーチならぬ家族や友人たちと相談し、作戦を練ればいいわけである。

　十二ラウンドを過ぎても生きてる人はどうするかって？　決まってるじゃないの、ボクシングの殿堂入りよ。

もう好きなように、自由に伸び伸びと生きればいいの。選ばれし者だけの、最高の栄誉であり、これぞ「男前・女前の真髄」ってものである。

させて頂くマン

部屋を片づけていると、九月の新聞が一週間分出てきた。大学院の集中講義でずっと仙台にいた時期の新聞だ。片づけの手を止めてつい読んでいると、ある投稿の内容があまりにも嬉しくて、拍手しそうになった。

それは二〇〇五年九月十九日付朝日新聞朝刊の「声」欄である。これは読者の投稿欄なのだが、松尾禎昭さんの書かれた内容は、私がずっと前からうんざりしていることであり、もう松尾さんのご意見に小躍りした。

そのご意見とは、「させて頂く」という言葉を使いすぎるという話である。松尾さんは四十五歳の高校の先生ということだが、就職希望者の面接練習をしていたところ、生徒たちが言うんだそうだ。

「御社を希望させて頂きました」

「私の力を発揮させて頂きたいと思います」

松尾さんはこの過剰なへりくだり表現を「気がかりだ」と思う一方、「総選挙では『立候補させて頂きました』がはやった」と書く。それでも、教師としてはきちんと、「『希望しました』や『力を発揮したいと思います』と気持ちを込めて言えば、敬意は相手に伝わるよ」と指導したそうだ。そして、男子生徒に「過剰なへりくだり表現をなぜ使うのか」と尋ねたところ、

「みんながそう言うから」

という答え。社会に合わせようとする高校生の思いを理解しつつも、松尾さんも同僚の先生たちも、過剰なへりくだり表現を使う必要はないと一致している。しかし、投稿は次のように結ばれていた。

「でも心配でもある。私の指導に応じた生徒が、採用する側から、適切な表現を使えると評価されるのか、敬語もろくに出来ないと見下されるのか。不安な気持ちで、生徒たちを就職試験に送り出す季節がきた」

松尾先生、絶対にご心配はいりません。その証拠にかつて某男性国会議員が、「させて頂く」を連発し、多用しまくり、週刊誌などで揶揄(やゆ)されていたことを、私はハッキリと覚えて

いる。私はあの当時から「させて頂く」が気になっていたのだが、揶揄されるということは、やはり「気色悪い」と思う人たちが少なくないという証拠である。

もしも生徒が、就職の面接で試験官に向かい、

「御社を希望させて頂いたのは、私の力を発揮させて頂けると、そう考えさせて頂いたからです。御社の名に恥じぬよう、努力させて頂き、勉強させて頂きます」

なんぞと答えた場合、

「おお、若いのに立派に敬語を使えるね」

と思う試験官は稀有だろう。先の某国会議員は、これに近いものがあったから笑われたのである。

実はこの夏、私は「させて頂くマン」と出会い、耐えに耐え、我慢するだけ我慢したが、ついにレッドカードを出してしまった。

それは、ある会社から仕事の相談をしたいと言われたことが発端だ。その会社とは以前からおつきあいがあり、A氏という気心の知れた人がずっと私の担当だった。が、今回からはB氏が担当することになり、引き継ぎを兼ねて、三人で何度か会った。

ところが、その新担当のB氏は恐怖の「させて頂くマン」だったのだ。私とて年齢と共にカドも取れ、耐えることも覚えた。だが、それにしてもB氏はすごい。たとえば、

「では、私どもが仙台にお伺いさせて頂く件で、後ほど電話させて頂くということで決めさせて頂きます。来週には企画書を送らせて頂き、改めてご連絡させて頂くということで、準備させて頂きます」

とくる。こうも乱用されると、私は「させて頂く」が気になって、言っていることの意味が取れない。が、つくづく私は人間が丸くなった。と言うか腰抜けになった。我慢するのみで、「あなたはへりくだり過剰よ」とイエローカードさえ出さないのである。

やがて、「させて頂くマン」のB氏と旧担当のA氏が、仙台に来ることになった。遠くまで来て頂くのだからと思い、私はB氏に言った。

「おいしいお店にご案内するわ。宿泊できるか日帰りか、それだけ早めに教えてね。日帰りなら駅近くのお店にするし、宿泊ならちょっと引っこんだところに予約入れるから」

すると後日、B氏からファックスが来た。

「私どもがお伺いする件でファックスさせて頂きます。私は宿泊させて頂こうかとも思っておりますが、Aは大変失礼ながら最終で帰らせて頂こうかとも考えております。以上、ファックスで大変失礼ながら、ご連絡させて頂きます」

キレました、私、とうとう。いったい、宿泊するのかしないのか、全然回答になってない。この短い文面に「させて頂く」が四回、「大変失礼ながら」が二回も出ている。A氏の「日帰り」にせよ、B氏の「宿泊」にせよ、決定事項とは受けとりにくい。考慮中だと思うのが普通だ。

ファックスとはいえビジネスレターであり、決定事項をパキッと書くものだ。へりくだりも「大変失礼ながら」も不要だッ！

私はとうとう、B氏にレッドカードを出した。イエローを出さずに耐えていた分、きついレッドだった。するとB氏、謝った。

「以後、気をつけさせて頂き、ハッキリと話させて頂きます」

都市対抗

東京のスーパーマーケットで見知らぬ婦人に声をかけられた。

「内館さんですよね。東北大の学生なんですって？　私も仙台出身なんですよ」

その婦人は女の友人らしき連れと一緒であったが、連れの方は仙台出身ではないらしい。ニコニコしているだけである。やがて婦人が言った。

「私、青葉区で育ったもので、あの辺がなつかしくて」

すると、ニコやかだった連れが、突然言った。

「アンタ、青葉区で育ってないじゃない。短大の二年間だけ仙台にアパート借りてただけでしょ。内館さん、この人、いっつも仙台出身って言うけど、二年だけなの。私と同じ宮城県××市で生まれ育ったんですよ」

私、焦りました。こういうことを目の前で言われてもねえ。どう反応すりゃいいの！　すると、私より先に「仙台出身」の婦人が反応した。

「内館さん、この人ひがんでるんです。ずっと××市から出たことなくて、私が仙台出身って言うと、いっつもこうなの」

　この二人は仙台出身をめぐって「いっつも」喧嘩しているらしい。

「内館さん、仙台が好きみたいで嬉しいわ」

と、婦人はまた喧嘩になりそうなことを言って、去って行った。ふと見ると、二人で仲よく魚を選んでいるのだから、ついて行けないというものである。

　それからしばらくして、『Ｓｔｙｌｅ（スタイル）』という女性誌の十二月号を読んでいた私は、笑い出した。というのは、「都市対抗」なる企画があって、読者の体験談が出ている。これが抱腹絶倒もの。たとえば、

「神奈川出身の子に『神奈川なんだって?』と訊くと、『違う、横浜だよ』と訂正された。別の時、福岡出身の子に『福岡なんだって?』と訊くと、『ううん、博多』とやっぱり言い直された。何、このこだわりは?　ハンパな都会の女って変に気位が高いよね」（商社勤務・25歳・東京出身）

　私はずっと三菱重工の横浜造船所に勤めていたのでよーくわかるのだが、神奈川各市のプライドはすごい。ハッキリ言って投稿者の「ハンパな都会」という感想は、神奈川を知らない東京人の思いあがりである。私の女友達は、圧倒的に神奈川出身者が多い。彼女たちとつ

きあって知った限りでは、横浜の女は東京をどこかで下に見ている。鎌倉の女は横浜をどこかで下に見ている。茅ヶ崎や辻堂、江ノ島、葉山、逗子の湘南女に至っては、湘南以外は全部下に見て、東京なんぞは「田舎者が好きな都市」と切り捨てる。あげく、同じ神奈川の市名をあげ、

「××市や△△市が湘南ヅラするのは迷惑。あれは湘南じゃないわ」

と言い、車に同じ湘南ナンバーをつけるのがいたくご不満のようす。面倒なことに、神奈川には横須賀女というのもいて、これは湘南さえも下に見ているところがある。そのくせ「対東京」とか「対神戸」という状況になると全員で一致団結する。私の数多い女友達を見ていると、神奈川というのはナカナカの気骨である。

読者の都市対抗では、さらに面白い投稿があって、

「私は青森出身です……と言っても田舎者扱いされるだけなのに、北海道出身だと、なんとなく憧れられるのは納得できない！　同じくらい訛（なま）ってるし、同じくらいの寒さなのに！」

（食品・28歳・青森出身）

大笑いと同時に納得。確かに北海道は憧れられる。私だって東北大に合格した時、何人かに、

「どうせ遠くてどうせ寒いんだから、北大の方がすてきなのにィ」

と言われてムカついた。どうも北海道は得してる。同じように島なのに、傾向としては九州より憧れられるんじゃないだろうか。北海道への憧れは、沖縄へのそれとはまた違ってて、寒さや荒涼とした広さや不便さや、マイナス因子もが北海道の場合はプラスに作用する。不思議な地域だ。

一方の青森。私はこんなに面白くて魅力的な県はちょっとないと思っている。男も気っ風はいいし、情にあついし、祭りはいいし、食べ物はいいし、古くからの民俗的な風習や行事も心安らぐ。中でも私がいいなァと思うのは、同じ青森なのに旧津軽藩地域と旧南部藩地域の微妙な仲の悪さ。私の知人は弘前（旧津軽藩）出身で、地元で食品の仕事をしている。数年前、東京のデパートの「青森物産展」に出店した際、後で私に言った。

「気分悪かった。隣が八戸（旧南部藩）の店だもの。お互い、最終日まで一言も口きかねがった」

こういう話を聞くと、私は歴史のロマンを感じてしまうのである。

大笑いの投稿はまだあり、

「『ミス前沢牛』というミスコンがある。やっぱりみんな牛のミスには選ばれたくないようで応募者が少ない」（小売・28歳・岩手出身）

「修学旅行前に、新幹線に乗る練習があった。田舎くさくて超恥ずかしい！」（金融・26

歳・熊本出身）

そして、「生まれ変われるなら、どこを地元にしたい？」というアンケートの結果も出ていて、

1位　東京都

2位　京都府

3位　兵庫県

だった。「兵庫県」は芦屋に憧れるからだという。もっとも、私の女友達は、「芦屋出身」と言っていたが、実家の住所は芦屋ではないことに別の女友達が気づいた。するとケロッと答えたそうだ。

「隣の家から向こうは芦屋なの。いいじゃない、一軒くらいサバよんでも」

苦手の不思議

突然、女友達が三人訪ねてきた。それも夜更けである。それも日本酒とワインと漬物をかかえてである。それも「修士論文を書きあげるまでは絶交」だとアチコチに宣言している私の自宅に突然、である。それも何の用もないのに、である。なのに、ちょうど頂き物の生ハムとイワシの丸干しがあるからと招き入れた私は、何と友情にあついんだろう。


女友達の一人は台所に入り、持参の漬物を切り始めた。すると彼女が、

「指切っちゃった。カットバンない？」

と、私に指を見せた。ほんの米粒くらいの血がにじんでいたのだが、私は、

「ギャーッ！」

と叫び、カットバンを彼女に放り投げると玄関の方に逃げ出した。私はめっぽう「血」に弱くて、映画やテレビでも流血シーンは絶対に見られない。すると、女友達は口々に言った。

「変な話よね。マキコはいつも血みどろのプロレスを最前列で観てるのに」

そうなのだ。プロレスを観ていて血しぶきを浴びるのは平気。親しいボクサーが試合終了後、パカッとあいた傷口からダラダラと血を流しながら、リング下の私の席に来た時も、傷から目をそらさず、

「そう深くないみたいよ。大丈夫よ」

などと偉そうに励ましている。しかし、大学時代にラグビー部のマネージャーだった私は、ラガーマンの血を見てぶっ倒れ、今、東北大相撲部の稽古での血も、見られない。なのに、プロレスとボクシングの血は恐くないのである。「そんな話はありえないわよ」とせせら笑う三人に、私は琴ノ若の話をした。

それは『NHK大相撲中継』という雑誌に出ていたのだが、あの大きくて堂々たる人気力士の苦手なものは「りんごをかじる時の音」だという。そして、インタビューで次のように答えている。

「『しゃか、しゃか』という音。あれ、なぜか鳥肌が立つんです。だから家の中にはりんごは置いてません。子供にも食べさせてませんねえ。梨とか、ほかの果物は平気なんですけどね。理由はわかりません。不思議ですよね」

そう、こういうことってあるのだ。これぞ「苦手の不思議」というものである。

すると、女友達の一人がゴンゴンと赤ワインを飲みながら言った。

「そう言えば、私も赤ワインを料理に使われると、まったくダメ。赤ワイン煮込みとか、赤ワインソースとか苦手で食べられないわ。そのまま飲む赤ワインだけがいいの。不思議ね」

私の男友達のA君は、飛行機が苦手である。飛行機が苦手と言う人はよくいるが、A君は単なる苦手のレベルではなく、絶対に乗らない。北海道でも九州でも列車か車で行く。海外出張は全部断る。彼は若い頃から言っていた。

「俺、ヒコーキに乗るくらいなら会社クビになってもいいの。海外の会議に出なけりゃ出世しないっていうなら、一切出世しなくていいの。親の死にめに会えないのもしょうがない」

ところがだ。これだけ頑固に飛行機を避けるA君、なぜかB社の飛行機だけは大丈夫なのである。B社の飛行機が飛んでいる地域に限っては、海外でも行ける。A君自身が不思議でたまらないらしく、私に言ったことがある。

「B社以外は、もう飛行機を見ただけで体がふるえて、ジワーッと汗かくってのに、変な話だよな」

こうして女友達三人と私は、夜更けに「苦手の不思議」で盛りあがっていたのだが、すると一人が言った。

「私の知りあいに、C子という女がいるのよ。そのC子ってね、早い話が大金持ちよ。夏休みは家族でオーストラリアにゴルフツアーよ。本人も夫も子供たちもファッションは全部ブランド品だし、車は超高級外車。自宅は豪邸でお金をかけまくってるし、家具だって北欧のばかりよ。それをまた自慢するわけよ。オーストラリアがどうしたの、娘の新車がどうしたの、まずいものは食べない方がましというのが家訓だのって」

　すると一人が、聞くだけでうんざりというように、

「ヤなヤツねえ。その女、何が苦手だって言うのよ。金遣いなんて誰だって得意でしょうよ」

　私はピンときて、答えた。

「そのC子さん、家族のためには幾らでもお金を遣えるのに、他人のために遣うのが苦手なんでしょ」

　すると、女友達は嬉しそうに言った。

「当たり！　C子一家って夫も子供も全部それなの。自分たちのためなら幾らでもお金を遣えるのに、他人のためだと体がふるえるんじゃないスかねえ。ジワーッと汗かくほど苦手なんでしょ、きっと。これも不思議の一種よ。私はもうつきあってないけど」

　そういう人は確かにいる。私の知りあいの女子大生は知人夫妻に頼まれ、一日かけて六本木を案内したそうだ。リッチな夫妻とかで、女子大生が「少しはバイト料もらえるかも」と思っても不思議はない。が、何とお昼は割り勘!!　あげく六本木ヒルズのブランド店に案内

させると、自分の娘たちには洋服やバッグを買いまくる。なのに、同じ年頃の彼女にはハンカチ一枚買ってはくれなかったという。一日中、案内させたのにである。彼女は私に言った。

「こういう大人にはなりたくないと思ったら、もう顔見るのもイヤになって、六本木ヒルズで捨てて、まいて帰ってきちゃった」

女友達三人と私は、「苦手の不思議」から「こんなケチ、あんなケチ」で盛りあがり、夜が明けそうなのであった。

ちょっとのストレス

近くの書店で、女友達にバッタリ会った。彼女は川島隆太先生の『脳を鍛える大人の音読ドリル』と『脳を鍛える大人の計算ドリル』を買い、言った。

「このドリルを毎日やると、ボケ防止になるって言うじゃない。うちの母がやりたいって言うのよ。だけど、毎日五分くらい音読したり、計算したりするくらいで効果があるのかしら」

実は昨年、私は川島先生に対談をお願いして、そこのところをじっくり伺っている。ドリルが大変な話題になっており、月刊『潮』の連載対談に出て頂いたのである。先生は東北大医学部を卒業された医学博士だが、現在は東北大未来科学技術共同研究センター教授として脳の研究をされている。センターは、私がいる文学部から車で十分くらいのところにあり、編集長や編集者と一緒に研究室を訪ねた。

川島先生の話は、身に覚えのある人ならゾッとする。

「あ……俺ってどんどん脳がスカスカになってる最中なんだ……ああ、俺ってもうじきボケ……まさか！　コエー！（筆者注・これは肥ではなく恐です）」

とおののくだろう。で、脳が衰えていくタイプはどんな人かというと、「脳にとって一番安静な、穏やかな状態を作り出す人」が危ないという。つまり、気持ちのいい状態になると、血流が下がるんだそうだ。血流が下がると脳の働きが悪くなる。それがずっと続けば、スカスカになるのは当然だ。具体的には、次のような状態がよろしくない。

1．メディアとの接触

テレビ、ラジオ、ゲームなど。音楽を聴いている時、脳の働きは下がる。

2．マッサージ、エステ

気持ちいいと思ったとたんにストーンと血流が下がるというデータがあるそう。

3．パソコンの画面

画面を見ている時の脳はきわめて働きが鈍く、脳全体に命令を出す「前頭前野」という部分はほとんど働いていないという。

4．人と会わない

5．人と話さない

4と5は特に定年後の人などに多い。川島先生は次のようにおっしゃった。

「今まですごい情報の中で働いてきたんだから、少しホッとしたいという気持ちはいいんですけど、このままではボケのスパイラル（螺旋上昇）にハマっていきます。涙もろくなるというのは感性が豊かになったと言われがちですが、実はそれは単に前頭葉の機能低下そのものです」

コエーでしょ。ただ、メディアとの接触やマッサージなど気持ちのいいことは、

「悪いわけじゃないんです。『癒やし系』なわけですよ。そう思って上手につきあえばいいんです」

ということなので、それを意識するだけでもかなり違うと思う。逆に、年を取っても活発な脳はどうすれば作ることができるか。これが実にわかりやすい。

「ちょっとのストレス」

これである。ちょっとのストレスで、がぜん違ってくるそうだ。たとえば料理をする時、包丁を使うと脳はバンバン働くが、皮むき器だとあまり働かないという。確かに、皮むき器の方がラクで、ピャーッとむけるし、指を切る心配もしなくていい。こういう「ちょっとの苦労」、「ちょっとのストレス」が脳には非常にいいという。川島先生は、

「少しつらい方を選ぶことによって、脳機能を低下させないですむ」

とおっしゃっている。

話題の音読、計算ドリルに関しては、福岡県の老人介護施設の例に驚愕（きょうがく）した。同施設の七十七歳から九十八歳までの四十四人に、音読と一桁の単純計算（1＋3とか4－2とか）を毎日十五分やってもらったところ、一か月の学習でオムツが取れた老人が出たという。

「寝たきりで、食事も着替えもトイレも自分ではできない人たちの二〜三割に、排泄の自立が起こる。それも二か月くらいで」

さらには、寝たきりの人たちが起きるということが出てきて、杖歩行者が杖なし歩行に変わり、軽い認知症の九十九歳の方は、やる気を取り戻して英語の勉強を始めたという。

「医者の僕自身が疑ってるぐらいの変化が起こる」

と、川島先生は明言し、

「頭を使えば使うだけ、脳細胞から脳の色々な命令を伝える神経線維が増えるんです。九十九歳だろうが百歳だろうが増えます」

と、希望が出てくる。

対談の席で、私はドリルを音読し、先生に脳の具合を診断して頂いた。音読したのは太宰治の『富嶽百景』の冒頭部分。できるだけ速く、感情をこめずに一気に読むようにと言われる。それが「ちょっとのストレス」なのだ。読み終えると、川島先生はあきれたようにおっしゃったのである。

「すごい……。驚いたなァ。普通の人はこんなにスムーズに読めないですよ」

ほめて頂いて私も驚き、

「もしかして、原稿を鉛筆で書くせいじゃないでしょうか。私はパソコンも携帯電話も持っていませんし、メールもネットも一切やりません。オートマ車は嫌いなのでマニュアル車を運転してますし」

すると川島先生、納得したようにおっしゃった。

「前頭前野は間違いなく働いてます。一番脳にいい生活です。手で書くという生活習慣があるのは、ずっと脳のトレーニングをしてきたことになる」

私はもう千人力。プロデューサーたちに、

「ずっと手書きで、メールとケータイなしで行くわ。ちょっとのストレスよ」

と言いまくり、そのたびに彼らは、

「そのアナログぶりに、こっちは大変なストレスだ」

とぼやいているのである。

モラハラ

先日、朝日新聞に、「モラハラ」という言葉が出ていた。私は初めて聞く言葉であり、何かと思ったら「モラルハラスメント」の略だった。「セクシャルハラスメント」が「セクハラ」で、「ドクターハラスメント」が「ドクハラ」で、それと同じに「モラハラ」というわけだ。

私は「モラルハラスメント」という言葉も初めてで、またも何のことかと思ったら、「人格や尊厳を傷つける精神的な暴力」のことを言うそうだ。家庭や職場でこの「モラハラ」が繰り返されると、精神的に追いつめられ、うつになったり、休職せざるを得なくなったりするという。深刻な事態に、海外では法規制の動きがあるらしい。

その記事の中に、四十三歳の主婦の談話が出ていた。

「夫の機嫌がいつ悪くなるか、常に緊張してアンテナを百本ぐらい立てている感じでした」

その主婦は離婚後四年がたつのに、心の傷が癒えず、ＰＴＳＤ（心的外傷後ストレス障害）と診断された。

同じく三十代の主婦も、何が夫の不機嫌や無言を招くかわからないため、「見えない牢獄にいるようでした」

と話している。この二人の主婦の気持ちは絶対に大げさではなく、作り話でもない。モラハラの加害者というのは、本当にこの通りで、突然機嫌が悪くなる。何の理由もなく、突然である。そして、主婦の一人が言っているように「無言」を招く。このきつさは、体験者しかわかるまい。

もう三十五年も昔だが、私は会社勤めをした直後から、同僚ＯＬにひどいめにあわされた。今にして思えば「モラハラ」の典型だが、当時はそんな言葉もなく、私は「この人って何なの」と、呆然としていた。

そのモラハラについては一九九二年に出版した『切ないＯＬに捧ぐ』という本の中で、すでに少しだけ書いているが、とにかく突然、口をきかなくなる。昨日の夕方は普通に「さよなら」と笑顔で退社したのに、翌日の朝、

「おはよう」

と言っても無言。

「書類、見せて」

と言っても無言。見せてもらわないと仕事にならないので、もう一度、

「書類、見せてくれる？」

と言うと、バサッと放り投げる。この行為、誰も信じないだろうなァ……。でもホントである。バサーッと私の机の上に叩きつけるように投げるのである。私もこういう人とは出会ったことがなかったので、最初は呆然ですんだが、やがて「私が何か悪いこと、やったかな……」と考えてしまうのである。朝日新聞にも二十代女性が、

「本当に自分はダメなんじゃないかと、うつのようになってしまって」

と語っている。私はうつにはまったくならなかったが、このモラハラは彼女が退社するまで十年間続いた。そしてこの間、男子社員の情けなさもイヤというほど身にしみた。彼女のモラハラは、私にだけではなく、何人かの女子社員に向けられるのだが、その現場を見た男子社員の反応は二つだった。例外は一件もない。例外なく二つだった。

ひとつは「見て見ぬふり」である。彼らの目の前で、私にバサーッと書類が投げつけられているのだが、まったく気づかないふりを決めこむ。もうひとつは、その彼女のご機嫌を取るのである。モラハラが少しでもおさまるようにと、男子社員の苦肉の策であったとは思うが、「××ちゃん」と連呼し、下手（したて）に出て顔色を見ながらご機嫌を取り結ぶ姿に、こんなその場しのぎの助け方はしてほしくないなァと思ったものである。

モラハラが十年間続いたのは事実であるが、実は私が身にこたえたのは最初の一年程度である。最初の一年はどうしようかと悩み、先の主婦のように、相手の機嫌がいつ悪くなるか常に緊張して、アンテナを百本ぐらい立てていた。が、モラハラの嵐の最中に、私はふと気づいたのである。

「この人は私の人生の一瞬を通りすぎるだけの人。一生つきあう人じゃないんだから、やりたいようにさせとけばいいのよ」

と。

これは私の精神には、効果てきめんだった。彼女が十日も二週間も無言だろうが、切り口上で怒鳴ろうが、私のいれたお茶を目の前で捨てようが、どこ吹く風。どうせ一瞬を通りすぎるだけの人だと思うと、痛くもかゆくもないばかりか、彼女の行動が面白くなってくる。

ところが、ここが私の可愛くないところで、すっかり余裕が出てしまって、彼女が何をしようと、こっちはいつも通りに話しかけ、いつも通りの態度。これが彼女のカンにさわって、モラハラが益々(ますます)エスカレートして手に負えない時期もあった。表面的にはしおれてみせる芸があってもよかったかもしれない。

ただ、私は今では彼女に感謝している。これは決して皮肉ではなく、二十代前半のうちにあれほどのモラハラで鍛えられたことは、後々の私の精神をどれほど強くしてくれたかわからない。フリーで仕事をし、書いたり言ったりしていれば、それは色んなことがある。だが、あのモラハラに比べて、もっとひどいめにあったことは一度もない。

　そしてもうひとつ、私は耐えないことを覚えた。イヤな人、イヤな場所からは逃げるのである。逃げられない状況もあるが、限界までは耐えない。心が壊れてはミもフタもない。

　モラハラの悩みの深さは被害者のキャラクターや、加害者との関係の深さによるだろうが、逃げるという手も許されると思う。

名文珍文年賀状

二〇〇五年末は修士論文の締め切りに追われて、とても年賀状どころではなく、一枚も書きませんでした。二月に論文が首尾よく通れば、大学院修了の近況報告として出そうと決めたわけです。ところが、いつも届く賀状が届かないと「何かあったのでは……」と思われたようです。その気持ちは同じでも、その思い方が男女でまるで違う。男友達の多くは電話で、「そういうわけかァ。イヤ、俺、マキチャンに捨てられたな……って思ってたよ」と言う。こんないい気分にさせてくれる男たちを、捨てるもんですか。一方、女友達の多くは電話口でギャンギャン、ギャンギャンと叫ぶのです。

「何だ、元気なの。てっきり入院して、大手術かと思ってたのよ。仙台の病院で手術したんなら、旅行がてらお見舞いに行こうかって話してたのにィ」

こんな女ども、すぐ捨てたいわ。

たくさん届いた名文珍文年賀状、今年は男と女の差を笑って下さい。

★同年代の知人（男）

「八月に待望の孫が生まれました」

という印刷文の横に、赤児の写真がカラー印刷されていた。後日、その妻から電話があった。

「うちのバカ亭主から、孫の年賀状届いたでしょ。もう最悪。まさか、あんな悪趣味な賀状出してると思わなくて、大喧嘩よ。孫なんて、よその人が見りゃ全然可愛くないんだからって怒ったんだけど、全然わかんないのよ。あの年賀状、社長にも出したんだって。ねえ、男って五十代半ば過ぎると一気にボケが入るよ。私、イザとなりゃ熟年離婚よ。実は準備もしてるし」

孫に目尻を下げてる好々爺の五十七歳と、着々と熟年離婚の準備をしている五十七歳の妻。この差は大きい。

★男友達

「謹賀新年、太ってしまい、合う服がなくて大変な思いをしています」

★女友達

お正月に会うと、太っていた。つい、

「合う服がなくて大変じゃないの？」

と言うと、彼女はケロッと答えた。

「全然。次々大きいのを買うから」

あまりの正論にグウの音も出ない私でした。
★クラスメイト（男）
「謹賀新年。年齢的に、話題が『1に健康、2に介護、3に孫、4に旅行』になっています」

その通りだろうが、クラスメイトとして青春期の彼を知っているだけに、何も賀状にこうもジイさんくさいこと並べなくても……と思っていると、同年代の女友達から次の一枚。
★女友達（三菱重工の同期）
「謹賀新年　墓は青山墓地に決まりました」

賀状に墓ですよ、墓！　しかし、天下の青山墓地に決まった嬉しさを誇りたくて、賀状にさえ書く気持ち、介護だ孫だよりはずっとナマナマしくて好き。
★仕事仲間（男）
「大学院を修了しても、東北大相撲部監督は続けられるとか。でも、あなたがいなくても立派にやっていける実力をつけたから、安心ですね」

ね、お世辞でも普通はこう書きますよね。ところが、女友達の次の一枚。

★女友達
「東北大相撲部監督はやめないのね。よかった！　あなたがやめたら、またダメになるよ、あの部は」

　あまりの断言に、グウの音も出ない私でした。
★東北大学相撲部員（男）
「昨年は部の再建から部員の恋愛相談に至るまで、本当にお世話になりました」

　そう、私は女を口説く際のセリフまで部員に教えているのです。すると、どこでそれを聞いたかテレビ局の男性プロデューサーから、次の一枚。
★男性プロデューサー
「恋愛ドラマの脚本家から、直接、殺し文句を教われるんですから、東北大相撲部員は幸せですね」

　ね、お世辞でも普通はこう書きますよね。ところが女性プロデューサーはまるで違った。次の一枚。
★女性プロデューサー
「相撲部員に恋のセリフを教えたとか。タダでセリフを書いてどうする！　そんなものは放っといて、私と組んでドラマを作り、商売物のセリフは、テレビ局に売りましょう」

思わず「はい」と答えてしまった私でした。

★某テレビ局員（男）

「頌春　いい加減、さすがに、何かいいことがあってもいいんじゃないかと思ってます」

四十代独身の彼。すると四十代独身の仕事仲間の女性から次の一枚。

★仕事仲間（女）

「最近、トマトをたくさん食べてます。いいことないから体力つけて、いいことをもぎとる今年にします。トマトってニコチンがいっぱいで体にいいのです」

どうです！　男はぼやき、女はもぎとるのです。でも、ニコチンではなく、リコピンですわよ。それにしても、男と女の差を感じる賀状ばかり。

また、女の多くは戌年にちなんで「ワンダフルな一年に」とか「オンリーワンな輝きを」とか「犬も歩けば棒に当たる。いいことに当たりたい」などとありきたりなのに、次の一枚には抱腹絶倒。

★三遊亭楽太郎師匠

「昔から、犬も歩けば、猫も歩くと云います」

噺家(はなしか)さんのセンスには敵(かな)いません。

そして、エジプト考古学者の吉村作治先生の、

「今年もいい事ありますように、お日さまに祈りましょう」が好きだった。そう、昔の人はお天道様に祈れば何とかなったんですから、今年はこれでいきましょう！

故郷のために

読者の皆さまに、ぜひお願いしたいことがある。もし、皆さまの故郷が、主都東京ではなく、あるいは主都に準ずる大都市でもない地方都市だとしたなら、今年はぜひ、故郷を訪ねてみて頂きたい。

むろん、よく帰省している人もいるだろうが、仕事だの子供の受験だのと忙しくて、ずいぶん帰っていないという人もいると思う。中には、外国に住んだりして、故郷を出てからまったく帰っていないという人もいるだろう。

故郷を訪ねたら、実家で少しのんびりした後、ぜひ町の中心部、繁華街、飲み屋街を歩いてほしい。許されるなら車で、郊外まで足を延ばしてみてほしい。

おそらく、故郷のあまりの変わりように愕然（がくぜん）とするはずだ。何が変わったといって、

1．町の中心部に人がいない。

2．繁華街はさびれ、店は軒並みシャッターを下ろしている。

3．飲み屋街も閑散とし、昔からの店は激減。大手居酒屋チェーン店が目立つ。
4．老舗の地元デパートはつぶれる寸前という雰囲気で、客はいない。
5．郊外には大駐車場を備えた大きなショッピングビルが出来ていて、買い物客の車が次々に来る。

この五点の変化は、皆さまが故郷で過ごしていた時代には、おそらくなかったはずである。もちろん、この変化がすべての地方都市に当てはまるわけではない。また、東京やそれに準ずる大都市であっても、変化はあるかもしれないし、あくまでも私の管見による感想としてお聞き頂きたい。

この四、五年間、私は北海道から沖縄までをずいぶん歩き回った。その時、前述した五点を、かなり多くの地方都市で目のあたりにした。とにかく、何よりも驚くのが、中心部や繁華街に人がいないことである。人がいないから店がつぶれる。つぶれた店は軒をつらねてシャッターを下ろし、街は死んだ。夜の飲み屋街も本当に淋しい。過去に訪ねた時は、風情のある通りを酔客が行きかっていたのに、今はチェーン店の赤や黄の派手な看板が幅をきかせ、それとて繁盛しているようにも見えない。

不思議なもので、人がいなくて閑散としていると、飲み屋街でも地元デパートでも、照明が暗く見える。だから、ますます寒々しい。こういう風景を、私は東西南北の非常に多くの地方都市で見た。

一方、郊外は元気だ。しかし、郊外のショッピングビルも映画館も、車を運転できる人たちのものである。あるいは快く連れて行ってくれる家族や友人がいる人のものである。現実には、運転できない老人は多い。子供に「連れて行って」と言いにくい老人も多いだろうし、独居もいるだろう。そういう老人たちは閑散とした中心部で、細々(ほそぼそ)と買い物をすることになる。購買力の大きい若者は郊外のトレンドな店で食事や買い物を楽しむのだから、中心部の飲み屋街や繁華街はさびれて当然である。

ショッピングビルや総合病院や、多くの公共公益施設を郊外に移転させている都市は多い。どこでも新しい郊外都市は美しく、機能的だ。だが、どこでも同じ風景に見える。私はどこでも、万博会場にいるような気がした。とはいえ、当然ながらこういう美しく便利な郊外に人が集まる。逆に中心部は空洞になり、いわゆる「ドーナツ化」を全国至るところで目にするのは、私にとってかなりの衝撃であった。

中には鹿児島市のように中心部が生き生きと活気づいているところもあった。鹿児島市は公共公益施設を市街地に集積させている。路面電車やバスが非常に便利で、人間が多い鹿児島市は「街」の匂いがする。鹿児島市には、全国どこも同じ万博会場の雰囲気はない。私は万博会場のような街の利便性を否定する者ではないが、人間の匂いがしみついて歴史を作ってきた中心部が、こんなにさびれていいものかと、本当に至るところで思った。鹿児島市のような都市は、私が見た限りでは稀有で、「ドーナツ型」のさびれた都市ばかりが目についた。

私はそれらを見ながら考えたのである。新幹線の駅をはじめ、全国のＪＲの駅舎がみんな似ているように、日本全国が万博会場都市になったら（すでになりつつある気がする）、これはホラーだなと。

故郷を離れて久しい人たちに、ぜひ一度、その変化を見てほしい。見ればきっと、故郷のために何かできることはないかと思うだろう。

北に行けども南に行けども、「全国これ万博会場」になっては人心が荒れる。私はそう考えている。ドーナツ化させた行政や国とて、今となってはそれがよかったとは思っているまい。

抜本的な対策は、行政や国がやるべきことである。しかし、オーバーに言うなら日本中の男女が、自分の立場で故郷のために何かをすれば、そして、できる範囲で力を合わせれば、地方都市はかなり活気づくように思う。

かつて、東大の佐々木毅総長が、東大生に対し、

「東大が自分に何をしてくれるかではなく、自分が東大に何をしてやれるかを考えてほし

い」

と語られた。

日本中の人が、自分は故郷に何をしてやれるかと考えれば、もしかしたら行政レベルよりはるかに大きな力になるかもしれない。

生活基盤をすべて故郷に移すことは、なかなかできる話ではない。だが、自分の立場でできることは絶対に何かある。まずは訪ねてほしい。

カワイイ！

姪二人に「コートを買ってあげる」と、以前から約束していたため、彼女らと都心の店をハシゴした。二人は「千載一遇のチャンス」とばかりに、コートを買った後もセーターやスカートの店、靴店、アクセサリー店と、私を連れ回す。いずれも若い女の子たちに人気の店であり、人気のブランドであり、女子大生やＯＬであふれている。

　私にしてみればまったく縁のない店々で、姪と一緒でなければまず入ることはあるまい。場違いで居ごこちの悪さをも感じたものの、新鮮なセンスに触れることができて、つい自分用にも買ってしまったりする。そうこうするうちに、面白いことに気づいた。

　どの店でもどの店でも、どの客もどの販売員も、ただただ、

「カワイイ！」

　と言う。他のボキャブラリーは限りなくゼロに近く、ほとんど聞かない。例えば、そのシーンを脚本化すると、次のようになる。

○ブティック店内
　洋服や靴、アクセサリーなどの商品が美しくディスプレイされている。
　客のA子（18）、一着のスカートを手に取ると、叫ぶ。
A子「カワイイ！」
　そばにいた販売員のB子（20）が言う。
B子「ね、カワイイ！」
　その時、試着室のカーテンが開き、ワンピースを試着したC子（21）が出てくる。
　販売員のD子が叫ぶ。
D子「カワイイ！」
　A子とB子もC子を見て、口々に言う。
A子「カワイイ！」
B子「すごいカワイイ！」
　試着したC子、まんざらでもなく、鏡の前でつぶやく、
C子「カワイイよね……」
D子「（靴を手に）これ合わすと、もっとカワイイ」

全員でいっせいに叫ぶ。「カワイ〜イ！」

……と、こんな風である。こんなシーンを演じる女優さんは、ラクだろう。覚えるべきセリフは「カワイイ！」だけなのだから。何を見ても、どれを手に取っても、「カワイイ！」と言ってさえいればいいのだから、セリフを覚える手間がはぶけるというものだ。

「可愛い」という言葉が、本来の意味から飛び出し、大きく広がっていると言われ始めたのは、もう十年以上昔のことではなかろうか。

一九九三年に、私は『都合のいい女』というテレビドラマを書いたのだが、その中に一人の老人を登場させた。宅麻伸さんの父親という設定で、カッコいい息子からは想像もできない老人。くたびれて、貧乏くさくて、汚くて、息子は必死になってその存在を隠すのである。ところが、この老人、女子高生や若い女性視聴者の人気者になってしまった。その理由が、

「あのお爺ちゃん、何か可愛い！」

というものだったから、私もスタッフも心底驚いた。

「汚くてくたびれた老人」でさえ、「何か可愛い！」となる。「可愛い」の本来的な意味ではないが、何かわかる。

あれから十年以上がたった今、「可愛い」は「カワイイ」と表記され、世界に通ずる言葉

になっているというから驚く。朝日新聞一月一日付では、第一面のコラムとして、それを大きく扱っていた。

それによると、グラミー賞五部門の候補に挙がるポップの女王、グウェン・ステファニーが、全米四十都市でライブを行った。女王のライブのテーマが「スーパー・カワイイ」だそうで、新聞の写真では、妙ちくりんな女子高生もどきがバックで踊っていた。

また、パリのテレビでは情報番組のタイトルが「カワイイ」だという。内容は日本とは関係なく、女性制作部員の口癖から来ているそうで、きっと先のブティックでのシーンと同じに、彼女は何を見ても、何を聞かれても、

「カワイイ」

と言っていたのだろう。

また、ロシアのインターネット放送では、ロシア語風な造語「カワイイナヤ」が連発され、タイでは女性誌『Ｃａｗａｉｉ！』が十万部に達すると、朝日新聞は報じている。同紙はまた、

カワイイはアニメや漫画から広がり、美術家の村上隆氏（43）が02年にパリ・カルティエ現代美術館で開いた「Ｋａｗａｉｉ展」で文化的シンボルにまで上り詰めた。

とまで書いている。さらに、日産自動車では「カワイイ車の研究が進む」状況だそうで、同社幹部は、

「草食動物のようなかわいさは日本車が切り込める唯一の武器だ」

とコメントしており、それればかりか、カルロス・ゴーン社長は、「カワイイ」という視点にものづくり日本の再生を見ているという。ゴーン氏は、

「あらゆる商品でカワイイを発信することで日本は新たな魅力を世界に伝えられる」

と語り、「カワイイ」は国の死活問題とも言えそうな、大変なことになっているのである。根拠はないが、これは何だか一過性のブームだという気がする。だが、たとえそうであっても市場が元気づくなら、それも歓迎すべきことなのだろう。

とはいえ、「カワイイ」の世界化が、何を見ても何を聞かれても、「カワイイ！」としか言えない人たちの免罪符になるのは困る。「カワイイ」としか言えないのは、文化的シンボルでも何でもなく、頭と心の貧困さのシンボルなのである。

夫婦円満ファッション

ついさっき、女友達から電話がかかってきた。

「もう……ショック……」

と繰り返しつぶやく。何ごとかと思ったら、今度は一気にまくしたてた。

「東京駅のホームで新幹線を待ってたら、全然知らない男に声かけられたのよ。全然知らない男なのに、私の顔見て親し気に微笑(ほほえ)んじゃったりするのよ」

私は笑って言った。

「五十代の女をナンパするほど、日本の男も成熟したか。よしよし」

「違うの。知ってる男だったのよ」

「何だ、それじゃ親し気に微笑みもするわよ」

「だけど、名前聞いてもとっさに思い出せなくて、ボーッと顔見てたのよ。そしたら彼が言ったの。『大学の××ゼミで一緒だったのに忘れた?』って。それでやっと思い出した」

「ふーん。で、何がショックだったのよ」

「もう、彼、死ぬほどみっともないオヤジになり下がってた」

「んまあ……」

「大学時代は、そりゃステキだったの。自分で言うのもナンだけど、私の大学って一流どころだし、私らの学部は看板学部よ。彼はそこでも目立って、他の大学の女の子にもモテまくってたの。それが今は、どうやったらここまでひどいお姿になれるのって感じ」

「どうひどいの？」

「何か茶とか緑色とかのゴチャゴチャしたチェックのウールのシャツ着て、その上に古びた毛糸のベスト着て、その上にジャンパー着て、その上に……」

「まだ着てるの？」

「うん。変なエンジ色のマフラー巻いて、その上からリュックしょってた」

「んまあ……」

「足元は、スーパーの一足九百八十円とかのドタッとした運動靴よ。グレーに黄色い線が入ったりして」

「んまあ……」

「髪は白かったけど、たくさんあるの。なのに後頭部をガーッと刈りあげて、前髪はペッタンコに七・三に分けて……最悪」

「んまあ……」

「ショックで涙が出そうになったわよ。だって、元々の素材はすごくいいんだもの。すごく。磨けば鳥越俊太郎と戦えるヤツよ」

「生活が大変なんじゃないの？」

「彼の名刺もらったけど、大変なわけない地位よ」

「それなら妻が悪いのよ。夫のファッションチェックをやってない」

「実はね、隣に妻が立ってたの」

「んまあ……。もしかして、妻もひどかったとか」

「当たり……。とてもファッションチェックできるような妻じゃなかった」

「んまあ……。似た者夫婦でドンドンドンドン落ちてったのね」

「当たり……。お互いに気を使わなくてすむし、夫婦円満ってことなんだろうね。二人して旅行に行くところだったし」

「ねえ、その妻もリュックしょってたでしょ。それで垢抜けない帽子かぶって、コートの上からポシェットをナナメ掛けしてたでしょ。コートはお尻の隠れる丈で、ダサイ長さとダサイ幅のズボンをはいて、それで口紅だけやたら赤いの」

「……恐い。何でわかるの。全部当たり……。何でわかるのよ。何で！」

「私、大学院に通うのにしょっちゅう新幹線に乗るでしょ。東京駅で中高年夫婦の旅行者によく会うのよ。ツアーの団体もよく見るけど、今あなたが言ったみたいな夫と、私が言ったみたいな妻が多いんだわ。中にはおしゃれでステキな夫婦もいるけど、そうじゃない方が目立つ」

「私、その妻の帽子姿を見て考えちゃったのよ。おしゃれでかぶってる帽子じゃないのよね。旅の防寒とか陽よけの意味もあるかもしれないけど……本当は違う意味でかぶってるのよ」

「何なの？」

「髪のボロ隠し。あの妻を見た限りでは、きちんと美容室に行ったり、ケアしてるとは思えないもん。『髪の毛グチャグチャだけど、帽子って便利よねーッ』みたいな」

「帽子脱いでペッチャンコの頭でも『どうせ、見られたって夫だしーッ』みたいな。オ〜、気を使わずに夫婦円満！」

「そんな小汚い夫婦が円満でも離婚でも、誰も関心ないわよ」

「んまあ！　『小汚い』とまで言う」

「言う。私ね、素材が悪くたってステキでおしゃれな男や女、いっぱい知ってるもの。幾ら気を使わずに円満かもしれないけど、人って手抜きをすれば際限なく落ちるってよくわかった」

「五十代になると、特に差が出るのよね。クラス会なんかに行くと、ハッキリ出てるもの。この間、中学のクラス会やったら、一部の男生徒より、数学の先生の方が若くておしゃれでステキだった」

「だから、男も女も五十過ぎたら横一列ってことよ。五十代も九十代も一緒。おしゃれに気を使う人が勝つってこと。間違いない」

「実は私もね、人のこと言えないんだわ。何十年もずっとマニキュア塗ってたし、ネイルサロンにも通ってたのよ。だけど、時間とられるでしょ。大学院も忙しいし、ついサロンをさぼったわけよ、一度」

「ああ、あとずっとサボリね。『どーせ、見られたって学生だしーッ』って」

「そ。もう三年もマニキュアをさぼってるのに、そういう爪や手に慣れちゃうのよ。恐いよねえ」

するとと彼女、恐いことをつぶやいたのでした。

「私、あの小汚い妻から彼をぶん盗ろうかしら。そしたら私、絶対に鳥越俊太郎にしてみせるわッ」

力道山がいた日

ある日、花屋の前を通りかかったら、スイートピーがあふれんばかりにディスプレイされていた。いかにも春が来たという柔らかい色につられ、店内に入った。

私がピンクや白や薄紫やと選んでいると、突然、足元で歌声がした。

「もういくつ寝ると　お正月」

びっくりして足元を見ると、三歳か四歳かという男の子が、商売物の観葉植物や花々の間にしゃがみ、お菓子を食べながら歌っている。その子はよりによって緑色のコートを着ており、観葉植物とは保護色。私はもう少しで踏むところだったというのに、彼は呑気（のんき）に歌い続ける。

「お正月には凧あげて　コマを回して遊びましょ」

客がみんな微笑みを浮かべてその子を見た。母親らしき人が花を選びながら、恥ずかしそうに、

「すみません。最近覚えたもので、お正月が過ぎてもこればっかりで」

と言う中、男の子はさらに力いっぱいに、

「早く来い来い　お正月」

と歌いきった。と同時に、客や店員さんがいっせいに拍手した。男の子は急に恥ずかしくなったらしい。母親のコートの下に入り、

「帰ろうよォ」

とむずかる。これも可愛くて、いいシーンだった。

私はスイートピーを抱えて自宅に向かって歩きながら、今や大人も子供も、「お正月」に対して、歌詞のようなトキメキを感じることはあるまいと思った。

かつて、日本人の暮らしには「ケ」と「ハレ」が明確に区分され、存在していた。「ケ」は言うなれば日常生活だ。来る日も来る日も同じで、地味で質素な日々の暮らしである。テレビもコンビニもない時代ならば、夜は真っ暗に静まり返る。食事も貧しく一汁一菜で、子供は早く寝かせられる。

一方、「ハレ」は特別の日である。祭りや結婚式や、何かのお祝いや、遠足や運動会や、客が来る日など、日常とは違う晴れがましい日だ。おかずが多くついたり、いい服を着せられたり、おこづかいがもらえたりもする。

花屋の床で、あの小さい男の子が歌った内容は、まさに「ケ」の日常の中で、「ハレ」を夢見て、「ハレ」を指折り数えて待つものだ。お正月にはハレ着を着て、お年玉をもらえる。ごちそうもいっぱいあるし、凧やコマだって買ってもらえる。特別の日だから、夜更かししても怒られない。かつての日本の子供は、非日常のお正月が、どれほど待ち遠しかったことだろう。「もういくつ寝ると」という歌詞がすべてを物語っている。

実は花屋に立ち寄った日の前夜、私は映画『力道山』の試写を見た。力道山に熱狂する老若男女のシーンを見ながら、「日本人はいつから、熱狂するという気持ちを失ったのだろう」と思っていた。

むろん、今の時代もヒーローはいる。力道山ほどのスーパーヒーローではないにせよ、ヒーローは各界にいる。彼らは競技場もコンサート会場も満杯にし、ファンはチケットを手にするために大変な苦労を重ねる。確かに、これらも「熱狂」だが、力道山へのそれとは違う。現代の熱狂は、各世代の価値観によるものであり、各世代のヒーローが、国民すべてを燃えさせるスーパーヒーローにはなっていない。

私はスイートピーの花を自宅の窓辺に飾りながら、思っていた。日本人が国を挙げて熱狂する気持ちを失ったのは、生活に「ケ」と「ハレ」の区別がなくなった頃からではないかと。

現代の生活は、毎日が「ハレ」と言っていい。コンサートや映画に行く時に、もちろん多少は「ハレ」の気分にもなろうが、新しい音楽はどんどんダウンロードできるし、映画はDVDで好きな時に観られる。おいしい店の情報はあふれ、別に特別な日でなくとも外食する。日本全国の食品はもとより、生活用品まで取り寄せられるし、子供の夜更かしは、今や日常の「ケ」である。

こうなると、大人も子供も、特別な日を「もういくつ寝ると」などと待たなくなる。もしかしたら、現代社会から最も消えた感覚は「待ち遠しい」かもしれない。そんなに「早く来い来い」と願わなくたって、たいていのことは日常的に許される。当たり前にやっている。「特別許される日」というのは、ほとんどないのではないか。

私自身、そんな生活を享受しているが、こういう生活の中では、「挙国一致」して力道山に熱狂するようなことはありえないと思った。あの頃は、街頭テレビで見る力道山も、力道山がアメリカ人レスラーをやっつける姿も、何よりも力道山というスター本人が、日本国民にとっては「ハレ」だったのだ。特別な日にだけ食べられるごちそうと同じであり、力道山の闘いを街頭テレビで見る日は、指折り数えて待ち遠しいものだったのだ。私は子供だったので、何も考えていなかったが、きっとそうだった。

そして、暮らしの「ケ」と「ハレ」に区別がなくなり、特別な日を待ち遠しく思う気持ちがなくなった時、人々から「熱狂する」という感覚が消えた。私はそう思っている。

「熱狂」しないことは、洗練に通じる気がする。だが、頽廃にも通じるように思う。映画『力道山』を見ながら、日本人も力道山自身も垢抜けてなかったなァと思った。だが、勢いがあった。どっちがいいのかはわからない。

この映画はエンターテインメントとして、よくできている。唯一、大相撲の風俗考証がメッチャクチャなことを除けば。

コメントの変化

トリノ・オリンピックをテレビで見ていて、日本選手のコメントが変化したことに驚いた。

かつては、

「楽しんできます」

というコメントがいかに多かったか。私はそれを耳にするたびに、「このコメントは、自分から口にすべきものではない」と思い、コラムにそう書いたこともある。

大きな闘いの場に、国の代表として出場する時は、当然プレッシャーがかかる。外野は国を挙げて、

「メダルを！」

「表彰台を！」

「新記録を！」

と騒ぐ。十分に努力を重ねてきた選手たちにしてみれば、その期待は嬉しくもあろうが、

さぞ、うるさいだろうと思う。「メダル」だの「表彰台」だの「記録」だのは、「もう放っといてよ！」の類だと思う。だからこそ、選手の方から先手を打って、

「楽しんできます」

と言った。この言葉の裏には、

「僕は大試合を楽しみに行くんだよ。だから、メダルとか日の丸とかは二の次なの。期待しても無駄ですからね。僕は楽しんで、リラックスして、自分の競技をしてこようと思ってるんで。メダルや記録は結果としてあれば、あったでいいですし。別に、日の丸背負って行く気はありません」

という意味がこめられていたはずだ。

重圧を与える国民に、ピシリと先手を打つという意味で、この「楽しんできます」という言葉は、みごとな一語だった。喧嘩ごしの言葉ではないのに、選手の思いが伝わり、さらに国民の過剰な期待を制する言葉として、「楽しんできます」は秀逸だ。

だが、そうであっても、私は公式の席では、せめて、

「メダルは約束できませんが、メダルをめざすことはできますので、精一杯の力を出し切ってきます」

とでも言っておくべきだと思っていた。外野のうるささは、「選ばれた人」にはついて回

るものだろう。「選ばれた人」というのは、「並の人」ではないのである。外野は「並の人」なのだ。並の人たちに向かって、

「楽しんできます」

は、「選ばれた人」のセリフではない。それは並の人がディズニーランドに行くのと同じではないか。「楽しんできます」は個人的な意味あいの強い言葉であり、「選ばれた人」が、「国から派遣される」という状況を理解できる人なら、公に言うセリフではないと気づくと思う。

それでも私は、すべての選手に先駆けて、最初にこのセリフを言った選手のセンスには拍手を送る。「楽しんできます」という言葉を思いつくなんて、ハンパなセンスではない。これは一九九六年のアトランタ・オリンピックに出場する選手が最初に言った。しかし、、みっともなかったのは、その後、猫もシャクシ（以下、猫シャク）も続々と、

「楽しんできます」

と言ったことだ。ほとんど流行語になり、オリンピック選手はもとより、芸能人やプロスポーツ選手も、

「この大仕事を楽しんできます」

と言うし、私の男友達は部下を受注交渉のために米国に送り出した際、

「楽しんでやってきます」

　と言われたと、憮然としていた。受注は韓国に敗れ、男友達は「当然だ」と吐き捨てるように言った。

　いや、どんな仕事でも「楽しさ」は不可欠であり、楽しくなければ続くものではあるまい。それを十二分に承知の上でも、やはり、

「楽しんできます」

　は、個人的な場で使うか、あるいは裏で、

「メダルも記録も知らねーよ。うっせェだよ。俺は楽しみに行くんだ」

　と毒づいて使うか、というレベルのセリフだろう。

　今回のトリノ・オリンピック出場選手たちは、あくまでも私が見たり聴いたり読んだりした限りにおいてだが、一人を除いて、

「楽しんできます」

　と、事前に言った選手はいなかった。その一人は、

「今回は楽しんできます。僕はこの後、何回もオリンピックに出ますから」

　というようなコメントだった。金メダルをとった荒川静香選手は、とった後に、

「楽しもうと思っていました。楽しむことがどんなに大変かわかりますから」

と言っている。この二人の「楽しむ」は、猫シャクの「楽しんできます」とは違う。コメントの変化の理由はわからないが、ひと頃の、

「メダルの色で差をつけるのは差別よ。国を背負うなんて戦争につながるわ。楽しんで何が悪いの。人間は自然体のままで生きるべきよ。無理する必要ないの」

という考え方が、社会の中で薄れたせいもあるように思う。この考え方は、少なくともアスリートとは対極にあるものだ。

私は試合直後の、上村愛子選手のコメントが好きだった。五位入賞の彼女は、メダルに手が届かなかったわけだが、終了直後、テレビのインタビューに答えた。

「どうやったら、表彰台にあがれるんでしょうねえ。謎ですね」

笑みを浮かべて、こう言うのを聞いた時、上村選手はおそらく、でき得る限りの努力を重ねてきたのだと思った。自分としては、為すべきことはすべて為し、言うなれば限界まで努力した。なのに、表彰台にあがれなかった。この短いコメントは、「選ばれた人」としても、「選ばれた人の人間らしさ」という点でも、つくづくいいコメントだった。国を背負って派遣された「選ばれた人」の、美しさを見た気がする。無理せずに自然体をよしとして生きてきた「並の人」には、持ち得ない美しさだろう。

順序

このところ、私の周囲では「順序を無視する」ことによるトラブルが、たて続けに起きている。

いずれも日常レベルのトラブルであり、「何だ、バカバカしい」と笑う人も多いと思うのだが、私は「順序を無視する」ことは、実はかなり大きな問題だと思っている。それによって信用をなくしたり、友達を失ったり、無神経な人だと思われたり、そういうこともあり得るからだ。日常レベルだけではなく、もっと大きなレベルでも、案外問題なのではないか。

私の女友達のA子は、友人のB子に言われたという。

「A子さんが通っている整体の先生を紹介して。場所はどこ？　何ていう名前の治療院なの？」

A子は、

「場所は××町で、△△治療院。その先生、すごい人気で、すぐに予約は取れないと思うけど、私から頼んでおくから待ってて」

と答え、すぐに治療院に電話をした。すると、特別扱いしてくれたが、それでも二週間後だという。A子がB子にそう伝えると、丁重に礼を言われ、二週間待つと言ったそうだ。

そして三日後、A子は自分の予約日なので、治療院に行った。すると受付嬢が、

「昨日、B子さんという方が治療を受けられました」

と言った。仰天したのはA子である。二週間待つと言ったばかりが、なぜ？　受付嬢の話から、B子がA子になんか任せておけないとばかり、治療院の電話を調べ、「何とか入れてくれ」と頼みこんだということがわかった。ちょうどキャンセルがひとつ出たため、キャンセル待ちの人を越えて、B子を入れてくれたのだという。

A子は私に言った。

「B子からは今もって何の連絡もなしよ。これ、順序が違うでしょ。直接電話して交渉したいなら、まず私にそう言うべきでしょ」

A子はその後、まったくB子とはつきあっていない。

もう一件のP子は、四十代のバリバリのキャリアウーマンである。彼女の楽しみは、月に二度程度行くカウンターバー。都心なのに隠れ家風のバーで、老マスターが迎えてくれる。

ある夜、何かの弾み(はず)でそのバーに、友人のQ子を連れて行った。Q子は小声で、

「私、ここはそんなに好きじゃないわ」

と言ったそうだ。

それからしばらくして、P子がいつものように一人で行ってみると、カウンターにQ子がいた。それも部下の若い女子社員を三人連れて、賑やかに飲んでいたという。そして、P子に言った。

「あれから週に二回は来てるの。言うの忘れてたァ」

P子は私に、

「順序が違う。最初の一回だけは私に『うちの若い子たちと、あのバーに行きたいんだけど』と言うのが筋ってものじゃない？」

P子はもうそのバーには行っていない。

他愛ないといえばそれまでだが、ここには共通点がある。それは「品のなさ」である。つまり、他人のネットワークを、それもプライベートのネットワークを、無断でちゃっかりと使うことの品のなさである。たかが治療院の予約であり、たかがバーのカウンターだ。だが、他人のプライベートのネットワークを使う際には、神経も使うべきだろう。「無断で、ちゃっかり」の後、「言うの忘れてたァ」は品があるとは言えまい。

私自身に関しても、エピソードがある。もう数年前のことだ。

ある雑誌の取材があり、私は都内の住宅地でカメラの前に立っていた。すると帰宅途中の男女中学生数人が、興味津々に撮影風景を見ている。近くの区立中学の生徒だという。

この中学生たちが、実に礼儀正しく、挨拶も言葉遣いもきちんとしている。カメラマンが彼らに、

「びっくりしたよ。君たちみたいな中学生がいるんだなァ。若い子への考え方を変えなきゃな」

と言い、本当にその通りだった。カメラマンは、

「記念に写真撮ってあげるよ。みんなで並んで」

と言い、私たちは、

「プロに撮ってもらえるなんて、よかったねえ。写真は学校に送るからね」

と笑顔で別れた。

その後、写真ができたので、私は区立中学の校長宛に送った。あれほどきちんとした子供たちは、家庭教育はもとより学校教育もとてもしっかりしているに違いない。私のような部外者から生徒がほめられれば、校長も教師もきっと嬉しい。きっと励みにもなる。そう思い、丁寧に手紙をしたため、写真と共に送った。

ところがである。着いたのか着かないのか、校長から電話一本来ない。二か月たってもま

ったく音沙汰なしである。私は、せっかくほめたのに届いてないに違いないと思った。

　そして、調べてもらったところ、とっくに届いていたのである。校長から大慌てで、速達が届いた。手紙の文面は、次の内容だった。

「我が校の生徒がほめられ、教師の指導力もほめて頂き、校長としてすぐに貴女の手紙をコピーし、教育委員会に送付致しました」

　順序が違うのも、ここまでくれば極まれりである。校長は嬉しさのあまり、教育委員会に伝えることで頭がいっぱいだったのだろう。だが普通は、手紙と写真を送ってくれた主に、まっ先に礼状を書くのが順序というものである。まして、教師だろう。

　以上の事例はすべて「愛すべき人間らしさ」と言えるだろう。だが、品のなさに立腹するのも、人間らしさだ。

「順序」というのは、結局は「筋を通す」ことなのだと思う。筋が通らないことに品がないのは、当たり前である。

ニックネーム

あるラジオ局で会議があり、出席者全員に「トリノ・オリンピック」の番組についての感想が求められた。そのラジオ局では、女子アナをトリノに派遣し、日本と結んで色んなやりとりをしていたのである。

すると、出席者のA氏が言った。

「東京のスタジオにいる女子アナが、トリノにいる女子アナをニックネームで呼んでますね。これは非常に気になりました。仲間うちで呼ぶ名前を、公共の電波でも平気で使うのは、みっともない」

たとえば、かつてNHKにいた久保純子アナウンサーは、「クボジュン」というニックネームで呼ばれていた。確かに、私が知る限りにおいて、同僚のNHKアナが放送の中で、「クボジュン」と呼んでいたという記憶はない。が、このラジオ局の放送では、東京の女子アナがトリノの女子アナを、そういう風に呼び、呼ばれた方も、ごく自然に受けていた。そ

れはたとえば、

「トリノのクボジュンを呼んでみましょう。クボジューン、聞こえますかァ」

という類で、A氏はそれが気になったというわけである。すると、A氏と同意見の人が何人もいて、

「実は私も気になっていました」

となった。

実は私自身も気になっていた。会議の席上でも言ったのだが、私が一番気になったのは、そのニックネームを浸透させようとする局側の思惑が、あまりにも見えすいている気がしたことだ。これは、たとえて言えば、

「皆さん、今日から久保純子アナを『クボジュン』と呼びましょうねッ！」

とアピールしているようなものである。確かに「クボジュン」と呼ばれることは、それだけ視聴者との距離が縮んだ証拠であり、愛されている証拠であり、局を背負うアイドルとして浸透している証拠である。となれば、ニックネームを売り込みたいだろう。

だが、ニックネームというものは、いつの間にか周囲がそう呼ぶようになるものだ。確かめたわけではないが、「クボジュン」も「キムタク」も、「ハセキョー」も「深キョン」も、自分からそう売り込んだとは思えない。大御所の「エノケン」をはじめ「ナベサダ」や「ヒ

ノテル」にしてもだ。

自分から、あるいは局や会社側からニックネームを持ち出すのは、非常に物欲し気で、私はそれが気になってならなかった。自分から言い出して、浸透するケースもあるだろうが、しない時は笑い者になる。もしも久保純子アナが自分から、

「私をクボエモンと呼んで下さい」

と言ったとする。誰も呼ばなかったら、時代の寵児だった「ホリエモン」に引っかけたニックネームにして、自分から言ったのに全然浸透しなかったらどうか。カッコ悪さは何倍にもなる。

私はそのラジオ局の会議に出ながら、「女子アナ」と呼ばれる人たちの難しいポジションを感じていた。

つまり、テレビ局であれラジオ局であれ、女子アナは「会社員」である。会社に勤める人間として身分を保証され、サラリーをもらい、人事異動や社規に従う。

その一方で、彼女たちは画面に顔を出し、電波に名前を乗せることで、「一般人」ではなくなる。ニックネームで呼ばれ、恋愛沙汰は週刊誌やワイドショーで取りあげられる。バラエティ番組ではコスプレもやるし、ＣＤも出すし、本も出す。芸能人と友達づきあいし、有名スポーツ選手と結婚会見する。新聞や雑誌の取材を受け、インタビュー記事が載る。

これらは、普通の会社員にはありえない。なぜなら、これらはすべて「個人プレー」だからである。普通の会社員は、個人プレーをほとんどしない。大きな仕事を為す時も、他社と競争する時も、会社名を背負ってチームで戦う。表に出るのは「社名」であり、個人名ではない。

しかし、女子アナの場合は個人名を売る。ニックネームを電波で連呼するのはその顕著な例で、根幹が個人プレーの芸能人、スポーツ選手と同じである。が、彼女たちの身分は会社員なのである。

私が「難しいポジション」だと思うのは、「会社員でありながら、会社員ではないことをやっている」というその危うさによる。会社の路線としてやらされているにせよ、個人プレーに慣れてくると「会社員」という意識は薄れる。

ニックネームで呼ばれるスター経営者のホリエモンが、フジテレビの親会社の買収をもくろんで激震が走っている最中、当のフジテレビの女子アナが、当のホリエモンと合コンを楽しみ、世間をあきれさせた。おそらく、彼女たちには何の罪悪感もなかったと思う。個人プレーに慣れてしまい、会社への帰属意識が限りなく希薄になっていれば、合コンに出ることは自然な行為だろう。

とはいえ、会社というところは利潤を追求する。利潤をあげなくなった個人プレーヤーは、別のセクションに移される。世代交代というものは、どんな世界にも来る。その時、個人プレーに慣れきっていた会社員は、自分に折りあいをつけることが、普通の会社員より難しいように思う。

女子アナたちは、時々は「会社員」であることを思い出すことが必要かもしれない。その上で、ニックネームを発信し、個人プレーを行うなら、将来に何があっても、衝撃は少しは違うだろう。

仕事のモラル

週刊誌を読んでいたら、「美人女医　タマゴ編」という写真ページがあった。「未来のお医者さん五人が大集合」というタイトルの通り、医学部や医大の女子学生ばかり五人が登場している。五人ともきれいで、「才色兼備」そのもの。

その中で、たった一点だけ、すごく気になるコメントがあった。五人のうちの一人が、次のようにコメントしている（原文ママ）。

「昨年やった解剖実習はこれまでの人生で一番のショックやったわ。ホルマリンの匂いで髪の毛臭いし、服も臭いし、肌も荒れるし、速攻家帰って洗わなあかんねん。太り気味のご遺体さんは脂肪を取るのがたいへんやから、やせ気味の人が人気あるんですよ。スッと切れるから。ほんでねー、男子ったら勇気ナシナシやから陰茎の解剖は私がやりましたよ。スッパーンってやった」

大学の名前も堂々と出ていたのだが、うーん……、何とも……。これ、たとえタマゴにせよ、医師のモラルに反するような気がするのだが、どうだろう。

私は東北大相撲部の監督だが、部員には医学部の男子学生もいる。もしも、彼がこんなことを口にしたなら、それが活字にならない場での会話であっても、私はタダじゃおかない。さらに、もしも週刊誌などの活字になる場で、このようにコメントし、「東北大学医学部」と明記されたなら、すぐに相撲部はやめてもらう。そして、相撲部のホームページでクビにしたことと、謝罪文を載せ、東北大医学部の他の学生までが同一視されないように、釈明する。


少なくとも、彼女のコメントからは、献体者に対する畏敬の念は感じない。遺族とて、愛する家族の遺体が切り刻まれることを、どこの誰が望むものか。だが、献体する本人には「医学の将来のために、自分の体を徹底的に役立ててほしい」という思いがあり、自ら進んでホルマリンに漬かることを望んだ。遺族も合意した。それは我々一般人が考えても崇高なことである。医師のタマゴならば、さらにそれが身にしみているものではないのか。

どう考えても、「髪の毛臭いし」とか「速攻家帰って洗わな」という言葉を遣うべきではない。何よりもびっくりしたのは「ご遺体さん」という言葉だ。これは問題外。傲慢(ごうまん)としか言いようがない。陰茎の解剖を「ほんでねー」として、「スッパーンってやった」とする大学に、今後、献体したいと思う人がいるだろうか。私はこれは傲慢を通り越して、「冒瀆(ぼうとく)」

だと思う。

ただ、その女医のタマゴはものすごいサービス精神の持ち主だと思う。せっかくインタビューに応じるのだから、ひとつふたつは読者のためにも興味深い話をしたいと、そう思ったような気がしてならない。

「解剖」などという話は、一般人にはまったく縁がないわけであり、その意味では「興味深い話」だ。「陰茎」を「スッパーン」も、そうだ。もうひとつ弁護すると、取材記者は彼女の言い方よりもっと刺激的に、多少は脚色して書いていたかもしれない。

ともあれ、若い彼女がモラル違反に気づかなかったなら、社会人の取材記者やライターが注意し、かつ、そのコメントの掲載をやめるべきであった。あるいは、編集部がチェックする際に、そうすべきであったと、私は思う。

私が通っていた武蔵野美術大学では、「美術解剖学」という授業があった。絵を描く上でも、彫刻を造る上でも、人体のしくみや筋、骨格のことを知っておく必要がある。そのため、全身について学ぶのだが、最終講義は、医大での解剖に立ち会わせてもらう。私はそれには出席しなかったが、美大生たちは遺体への畏敬を叩き込まれていたし、その念を持っていたと思う。いい絵を描くために、いい彫刻を造るために、他人がその身体の内部までを見せてくれるのであるから、その念は当然であった。

また、二〇〇四年に大きな話題になった『人体の不思議展』は、本物の人体標本十六体を展示したものであった。開会から三か月余りで、入場者が五十万人を超えるほどの人気を博した。私も見てきたが、それらは特殊な処置により、生きているかのような人体である。だが、物言わぬ彼らは内臓も頭の中も、骨も筋肉もすべてを、不特定多数の人々の前にあらわにしている。

そのため、主催者はあらゆる媒体で、

「献体者に対し、敬意を払ってほしい。ふざけたり、笑ったり、不適切な行為があれば退場してもらう」

と語っていたし、パンフレットにも、標本への畏敬が繰り返し述べられていた。

私はあの標本を見ながら、人体のあまりの精巧さに驚き、そして、これは神が作ったものだと思った。とてもじゃないが、人体の不思議は「神の領域」としか考えられない。その領域に踏み込み、再生させる医師は尊敬されてしかるべきだが、神の領域で仕事をする以上、モラルが厳しいのもまた、しかるべきことだ。

思えば、神の領域ではない仕事であっても、あらゆる仕事には守るべきモラルがある。それをみごとに守り抜くのは、私の年齢であっても大変だ。いいと思った自分の判断が、モラル違反のこともある。

ただ、やはり学生のうちから、守るべきことは叩き込むしかない。それは団塊世代の任務だと、相撲部監督としては思ったりもするのである。

この道一筋

ある日、落語家の三遊亭金時さんから電話がきた。

「師匠で父親の金馬が、芸歴六十五周年を迎えました。上野の鈴本演芸場で特別興行を十日間やることになりまして、日替わりゲストをお招きしようと考えています。内館さん、一日だけ都合をつけて頂けませんか」

金馬師匠も金時さんも、私の書いたテレビドラマに出て下さっている上、国技館でも必ずお会いする相撲ファンとして親しくさせて頂いている。そんな方のおめでたい席に、お声をかけて頂いて光栄だと思い、ろくに話も聞かずに二つ返事でお受けした。

当日、私はスーツで伺うつもりでいた。たぶん、ゲストというのは金馬師匠と並んで立って、気軽なトークをやるのだろう。何分にも、ろくに話を聞かずに受けてしまったので、そう思い込んでいた。

が、ふと考えた。気軽なトークとはいえ、高座でやる以上、金馬師匠は紋付きだろう。となると、私がスーツでは失礼ではないか。高座というのは、噺家にとってハレの舞台であり、聖域である。力士にとっての土俵と同じだ。

ハレの舞台や聖域にあがるには、それにふさわしい姿が必要である。となると、やはり着物だろう。それも紬や小紋では、格が低すぎる。私は春らしい色の訪問着で行くことにし、弟の妻に着つけてもらった。私のズクズクの着つけで聖域にあがるわけにはいかない。私も訪問着の着つけができるように頑張らないと、他人に頼るばかりだ。

で、鈴本演芸場に行った。イヤァ、スーツでなくてよかった！　ろくに話を聞かなかった私のせいではあるが、お気軽なトークではなかったのだ。

何と高座の中央に緋毛氈（ひもうせん）が敷かれていた。そして、まん中に金馬師匠が座り、三遊亭小金馬、金時、桂南喬、柳家さん喬の各師匠が並んで座った。全員が紋付きに袴（はかま）である。そして、あろうことか、ゲストの私は金馬師匠の隣に座るよう言われた。師匠とトークではなく、打ちそろっての「口上」だったのである。

スーツで来なくてよかった！　紬で来なくてよかった！　あの時、高座に土俵を重ねて「聖域」だと気づいた私は、何て偉いんだろう。私は相撲に置きかえると、何でもたちどころに気づいてしまう。

こうして、私は畏（おそ）れ多くも師匠たちと並び、老舗鈴本演芸場の高座に正座した。やがて幕が上がる。その間、私たちは扇子を前にして客に平伏し続ける。お囃子と客席の拍手を浴びながら、幕が上がり切り、お囃子が終わると、一斉に顔を上げる。またワーッと拍手が来る。もう、何ていい気持ち。こんな経験、二度とできるものではない。

　そして、一人一人が金馬師匠の芸歴六十五年を祝して、面白おかしく口上を述べたのだが、私は改めて実感させられていた。落語家という人たちの、何とみごとな滑舌！

　それは「語ること」を生業にしている以上、当然のことかもしれない。ただ、同じように「語ること」を生業にしていても、アナウンサーや俳優の中には滑舌が悪くて、何を言ってるんだか聞きとりにくい人もいないではない。今回、高座に隣り合って座らせてもらったことで、落語家の歯切れのよさを、耳元で聴くことができたわけだが、つくづくプロだと思った。むろん、マイクなんぞは誰も使わない。声をひそめて語っても、ビシーッと最後列まで声と語りが届くのである。

　私は七十七歳の金馬師匠の口上を隣で聴きながら、「この道一筋」のすごさを思い知らされていた。七十七歳にもなれば、フガフガモチャモチャとものをしゃべっても当然だ。しかし、小学校を出るなり十二歳で落語の道を志し、一筋に歩き、鍛え抜くと、こういう七十七歳になれるのだと思った。一口に「芸歴六十五年」と言うが、六十五年間というのはとてつもない歳月である。

ひと頃、「マルチタレント」とか「多芸」というのがもてはやされたし、色んなジャンルに才能を発揮する人生もいい。だが、どんな仕事でも「この道一筋」は、年を取ってからの本人に、別格の力を与えてくれるように思う。

金馬師匠は、かつては非常に器用に、司会から腹話術まで何でもこなせたという。さらにテレビ放送が開始され、売れに売れた。そして、ついにはＮＨＫの『お笑い三人組』で国民的スターになる。その頃のことを、著書『金馬のいななき』（朝日新聞社）に次のように書いておられる。

「この時代、映画に大劇場にと、あらゆることをやらせてもらいました。

そのままなら、それっきりの男だったでしょう。でも師匠が亡くなり、師の名を継ぐことになりました。

これは、いま思えば師匠の大叱責だったのでしょう。売れることはいいことだ、しかし三人組で浮かれてないで噺の稽古をしろ、と耳にタコのお小言を聞き流していた私に、師の本当のお怒りが落ちたのです」

以来、落語を大切にし、七十七歳になっても月に十日は高座にあがる。

ややもすると脚本家より相撲関係に片寄りそうな私は、金馬師匠にお会いすると、ああ、やっぱり本業を忘れてはいけないと思わされるのである。そう、毛利元就も言っている。

「本を忘るる者は、すべて空なり」

と。

そうか、私は着物の着つけが本業じゃないから、訪問着は着られなくたっていいのよねと、自信を持ったのでした。

絵門さんの言葉

ＮＨＫの元女子アナで、エッセイストの絵門ゆう子さんが、四十九歳で亡くなった。

絵門さんは全身にがんが転移していることを公にし、がん患者としてたくさんの発言をすると共に、数々のイベントをこなし、ユーモラスに闘病記や絵本なども書き続けた人だった。

私は二〇〇五年の初秋に、月刊『潮』の対談で初めてお会いしたのだが、彼女は首に保護器具をつけ、キャスター付きのバッグを引いて元気に現れた。その第一声を、私は今もよく覚えている。

「私、がんが全身に転移してるもので、過去に三カ所首の骨が折れてるの。頭蓋骨にも転移してるし、外出の時は保護器具でガードしてるんです。街で誰かとぶつかったり、転んだりすると怖いでしょ」

ムチ打ち症の人が使うような保護器具を手際よく外しながら、あっけらかんとそう言った。私にしてみればギョッとする内容だったが、彼女の口調はごく当たり前で、たとえるならば、

「今夜はカレーにしようか、それともおでんがいいかしら」

と言うのと同じようだった。

その上、頬はつややかに桜色で、表情はクルクルとよく動き、残暑の街を歩いてきたせいか汗びっしょり。汗を拭き拭き、

「フー、暑い。アイスティーを頂けますか?」

と言う笑顔を見ながら、私の第一声は、

「絵門さん、あなた全身に転移どころか、病人に見えないわ。悪いけど」

だった。

私があきれたように「悪いけど」と言ったもので、絵門さんも編集スタッフも吹き出し、初対面なのに「女友達との世間話」という雰囲気で対談は弾みに弾んだ。

彼女はポンポンと思いを語りながら、「死にかけた」とか「いつ死んでもおかしくはない」と言う。言うのだが、それは枕詞みたいなもので、実際に熱っぽく語るのは、「がん経験者として、今後、何をどう発信すべきか」ということばかり。おそらく、世間ではこういう姿を「前向き」と言うのだと思う。が、私は彼女自身の言葉で具体的に聞きたくて、質問した。

「前向きに生きるって、どういうことだと思う?」

彼女は間髪を入れずに、スパッと答えた。

「私の場合、自分のことよりも、まわりの縁のある人たちが幸せになればいいなということに、気持ちを集約させることだと思っています。自分のことを考えれば、(現在の自分の)病状は気になるけれど、でも、いま私のいちばん気になることといえば、何人かの病状が厳しい友人。朝起きると『今日は彼女たち元気かな。彼女のために何ができるかな』と。そうすると自然に前向きになっていく。自分のこととなると、そんなには前向きにはなれないのに。がんの方の書いたものとかも色々読んでいて『この人、前向きですてきだな』と思う人たちって、『周りの人が幸せになるにはどうするか』ということに照準を合わせてる人みたいな気がするんです」

彼女はまたも「カレーかおでんか」という口調でそう言い、私はこの言葉に衝撃を受けた。「前向きな生き方」というものが「他人の幸せを考える生き方」だなんて、今まで言った人がいるだろうか。少なくとも私は初めて聞き、舌を巻いた。そうか、そういうことかと、目からウロコが落ちる思いだった。

確かに絵門さんの目線は、イベントの話でも出版の話でも講演の話でも、常に他人に向けられていた。がんになる前は、自分のことばかり考えていて、周囲にはあまり目がいかなかったという。そして、がんを経験したことにより、

「何でも自分でやるのではなく、少しは他人(ひと)に任せられるようになったということと、本当

に自分がやりたい仕事をできるようになったこと。そして、雨でも夕焼けでも何を見ても『生命』を感じ、些細なことが楽しくなったこと」

と語っている。私はそれを聞きながら、これこそが「人間的なゆとり」というものだろうと思っていた。だが、これは病気とか挫折とか、苦しい思いをしないと、なかなか到達できない境地ではないか。私が、

「苦しいことがなくてもそんな境地になれないものかしらね」

とつぶやくと、絵門さんは笑いながら、

「なれたらいいですよね。でも、私も自分の命が危機に遭って初めて実感できました」

と言い、ふと真顔で、

「私が恥も外聞もなく、自分がみっともなかった時のことを書いたりするのは、皆さんがつらい経験をしなくても、私の経験によって少しでも得られる何かを感じてもらえればという思いもあるんです」

と答えている。

今、絵門さんは旅立ったが、彼女が残した言葉や行動の数々は、今もどれほど人々を支えているかと思う。私との短い対談の中でさえ、きら星の如くにあった。

「内館さん、私ね、つらくても元気ぶらないと、同じ患者や周囲の人に悪い気がして、結構

大変なのよォ」

帰り際、そう言って笑った彼女と、私は飲みに行く約束をした。私は、

「その時は元気ぶらなくていいわよ。でも、修士論文を出して修了式を終えるまで待って。四月かな」

と言い、彼女は手を叩き、

「楽しみ！　私、飲めるし食べるし、嬉しい！」

と歓声をあげた。

私は半年も先の約束をケロッとしたのだから、「悪いけど病人に見えないわ」がいかに本音だったか。きっと彼女は天国でまた吹き出しているだろう。

無趣味なお父さんへ

春が来た。

この「春」というヤツ、淋しい人間にとっては、一年で最もつらい季節だ。

一般的には、秋が淋しいと思われがちだが、絶対に違う。秋は世の中の何もかもが終焉（しゅうえん）に向かっている感じがあり、そういう中では、自分の淋しさは案外際立たない。たとえば恋を失ったり、職を失ったり、激しく叱責されたり、自分だけがみじめなめにあったりしてもだ。秋は陽が短くなり、肌寒くなり、葉は枯れ、虫は死に、風景そのものが淋しいから、自分の淋しさも溶けこむ。図太い女ならば、

「恋をなくした可哀想なアタシ……」

なんぞと枯れ葉の中で自己陶酔にひたりかねない。

ところが、春の失恋、春の失業は淋しい。春の叱責、春のみじめ、全部いけません。淋しいです。

何しろ、春はすべてが再生する季節だ。陽は長くなって光にあふれ、樹は若い葉をそよがせ、花は咲き、気温はあがり、そういう中での淋しさは際立つ。

だいたい、淋しさというものは個人を襲うものであり、「自分だけが淋しい」と感じる。団体で淋しいケースはあまりないし、あっても団体で乗り切れる。再生の春に一人だけ淋しいという思いはつらい。

さて、春に淋しいのは失恋や失業の人ばかりではない。「無趣味なお父さん」も淋しい。私の周囲にも、そういうお父さんがいるのだが、「ドライブは疲れるからイヤ」と言い、「温泉は湯あたりするからダメ」とほざき、「ゴルフはカネがかかる」、「スポーツ観戦は帰りの電車が混む」、「食べ歩きは太る」と、次々にナンクセをつける。ついに妻が、

「ジョギングしろッ」

と言ったら、

「走ると足がつる」

とぬかしたそうで、今や妻子はまったく相手にしていない。妻も娘も息子も、てんでにグルメだ、旅行だ、テニスだと春の戸外に駆け出して行き、お父さんはポツンと一人でテレビを見たり、新聞を読んだりしているらしい。本人の身から出た錆とは言え、春の失恋や春の失業に匹敵するほど、春の無趣味はいけません。淋しいです。

で、全国のそういうお父さんに、ぜひお勧めしたい趣味が「園芸」である。そう、花を植えたり、種を蒔いたりするアレである。

おそらく、「狭いマンションで庭がない」とナンクセをつけるだろう。ナーニ、ベランダで十分だ。「うちのベランダは陽当たりが悪い」とほざくだろう。陽なんぞ当たらなくても育つ植物はある。「花や種はカネがかかりそうだし、うちの近くに店がない」とぬかすだろう。ナーニ、スーパーマーケットの園芸コーナーで、枯れそうな値引き品を買ってくればいいのである。「ベランダ園芸家」の大家、いとうせいこうさんが、そう言っているのだから、間違いない。

いとうさんは、活字や映像、舞台、音楽など多くのジャンルで才能を発揮しているクリエーターだが、植物にだけは手こずり、振り回されている。そして、ますますハマっている。そのあたりを書いた著作が面白くて、私は愛読していたのだが、ある日、とうとうお会いして、色々と教えを乞うたのである。

私は決して大相撲観戦だけが趣味ではなく、子供の頃から園芸が大好きで、今も自宅マンションのベランダで花や野菜を育てている。植物にとって、好条件のベランダではないが、トマトやピーマンは枝が折れるほど実るし、タイムやバジルやミントなどのハーブ類もふんだんに摘める。

たとえ、桜とチューリップの区別がつかないお父さんでも、園芸は必ずハマる。花や木は妻と違って口答えしないし、水や肥料をやればどんどん大きくなる。子供と違って非行にも走らず、妻子よりよほど心安らぐはずだ。

この春から「ベランダ園芸」を始めるお父さんに、いとうさんの重要なアドバイスがある。

「まずは試しに一鉢を育ててみようというのは、絶対にダメ。初心者は枯らしてしまいがちですから、一鉢だとそれで全滅ということになる。でも、四、五鉢あれば、どれか一鉢は残る」

この大胆なアドバイス、さすがではないか。さらに次のようにも語る。

「園芸を挫折した人に聞くと、何か一鉢を大切に育てようとする。でも水やりなどがまだ下手なので、ダメにしてしまう。そうすると、自分には向かないとなる。植物は命があるから、やり直しはきかないけど、あまりそれを重く見すぎないのが大事です」

こう考えると、気楽に始められると思うが、初心者にとって失敗が少なく、楽しめる四、五鉢は何か。いとうさんのアドバイスと、私の経験から、まずは次の四鉢はどうだろう。

1．朝顔……種から植えよう。どんどん伸びて、ツルがからみ、花が咲き、毎日が楽しみになる。

2．バジル

3．ペパーミント
……いずれも苗は一株百円程度。ほったらかしておいても育つし、ふえる。料理やお茶に使えて、妻が見直してくれそう。
4．プチトマト……これは一株三百円前後か。次々に実が収穫でき、丈夫で手がかからない。
そのうちに、必ずもっと難しい物に手を出したくなるし、夏休みには地方の園芸店までドライブしたり、同好の友人ができて苗や種をもらったり、必ずそうなる。おそらく、秋にはイッパシの口を叩くだろう。

世間が淋しがる秋に、お父さん、趣味人として開花しよう。

祭りをけなす

四月のある日、国技館で横綱審議委員会の稽古総見があった。五月場所を目前にして、その仕上がりを披露する行事である。

それが昼前に終了し、外に出ると、両国のお祭りで何基もの神輿（みこし）が「ワッショイ、ワッショイ」の掛け声と共に練り歩いていた。道路は通行止めで、車が通れない。

道路工事で「車は迂回せよ」と言われるとムカつくのに、祭りだと腹が立つどころか、車から降りて見てしまったりする。私はお祭り好きで、縁もゆかりもない土地のお祭りを、ずい分見に行っている。

そして、今でも思い出すことがある。お祭りをけなしたがために、幸せをフイにしてしまった女友達のことだ。二十年以上も昔のことだが、これは現在にも通じる「真理」だと思う。

二十年以上昔のある日、私の女友達のA子は、恋人の郷里に行き、両親や親戚に紹介された。彼は自分の郷里のお祭りをA子に見せたいと思い、わざわざその日に合わせて連れて行った。

二人が東京に戻った直後に、男友達のC男と一緒に、A子カップルと銀座のレストランで会った。郷里のお土産を渡したいと言われたのだ。カップルは幸せそうで、華燭の典が近いことが一目でわかるムードである。今の言葉で言うなら「ラブラブ」というアレだ。

やがて、お祭り好きの私がその様子を訊くと、A子は言った。

「すごくよかった。いいお祭りだったわよ。いかにも地元の祭りという感じで地元民と一体になってるのよ。私も明け方まで飲んで面白かったわ」

ご立派な答えで、何の問題もない。彼も隣で嬉しそうにしている。

が、問題はこの後だった。お酒も回ってきたA子、やがて言ったのである。

「でも、思ったより地味なお祭りだった。お神輿も出てるんだけど、町が小さいからそう数は出ないし」

私は「まずい！」と思い、すぐに話をそらそうとしたのだが、A子は自分の郷里のお祭りについて話し始め、私の言うことなんぞ聞いてやしない。

「うちはホラ、日本的に有名な○○って祭りがある町でしょ。地元民だけじゃなくて、全国から観光客が来るし、テレビのニュースでも流すし。小さい頃から、ああいう豪壮な祭りに慣れちゃうと、なかなか他の地域の祭りって感動しないよねー」

もはや私の手には負えず、C男を見ると無言で飲んでいるだけだ。すると、A子の彼が少々ムッとしたように言った。

「君の町の○○と比べられちゃ、どんな祭りもかすみますよ。わざわざお連れして申し訳なかったですね」

ああ、絶体絶命。恋人同士なのに丁寧語になり、切り口上になっては、かなりヤバイものがある。

私とC男は、何とかしなければ……と目配せをしたのだが、A子はこの大変な局面にトンと気づいていない。ひたすら自分の町の○○という祭りについて語りたくてたまらない。酔っている上に、彼の郷里の地元の祭りをけなしている気はまったくないのだから、始末が悪い。A子は無邪気に言った。

「地元の祭りのよさだってあるわよォ。第一、全国の祭りがみんな○○みたいだったら、大変じゃないの。小さな町の、地味な祭りもすっごくいいわよォ」

彼女はほめ言葉のつもりらしいが、祭りに「地味」は最悪のけなし言葉だろう。

結局、A子は彼に振られてしまった。A子にしてみれば、なぜ突然うまくいかなくなったのかわからず、それは修羅場だった。むろん、彼も「祭りをけなされたから」とは言わないが、私とC男は絶対に最大の理由だと思っている。

祭りというのは不思議なもので、それが祇園祭やねぶたや山笠のように、世界中から観光客がやってくる祭りでも、地元の小さな八幡様や氏神様の祭りでも、その地で生まれ育った人には同じ重さを持つ。誰もが知っている祇園祭の「コンチキチン」やねぶたの「ラッセーラ」というお囃子や掛け声であろうと、「地味な町」の地元民しか知らないものであろうと、そこで生まれ育った人間にとっては、同じである。お囃子も掛け声も体内を流れている。

プロボクサーは、リズムが命だと言う。右に左にとかわし、パンチを打ち込むのは天性のリズムが影響すると言う。どなたかが、プロボクシング専門誌に、

「青森と沖縄から、すぐれたボクサーが出るのは、祭りと関係していると考える。沖縄出身者は生まれる前から三線(さんしん)の、青森出身者は生まれる前から『ラッセーラ』の、リズムが体に宿っているのである」

と書かれていた内容が、私はとても好きだ。

そう考えると、A子が恋人の郷里の「地味な祭り」をくさしたのは、恋が終わるに十分な理由だ。「たかが祭り」ではすまない。祭りをけなすことは、その土地で生まれた人の体内を流れるものをけなすことであり、彼自身ばかりか、彼のルーツをもけなすことに等しいのである。

地方の「地味な祭り」を訪ねると、地元の人々がウキウキと言うものだ。

「みんな若い子たちが、祭りに合わせて東京や大阪から帰ってくるから、今日はもう大変な賑やかさよ。普段はこの十分の一も人がいない町なのにサァ」

親は久々に帰ってくる息子や娘のために、ごちそうを用意して待ち、宵の町には昔からの祭り囃子。これをくさしたA子が、自分の無神経ぶりに気づいたのは、十年もたってからのことである。

休腸日

五月十一日の夜、帰宅すると留守番電話に次々とメッセージが入っていた。大半は女友達からで、みんな声が弾んでいる。

「今日、大相撲の横審場所総見をテレビで映してたわよ。あなた、何かすっご～く疲れた感じだったわァ♪」

内容は一応「心配ごと」なのだが、声は弾んでいて本当に「♪」マークがつきそうに嬉しげだ。

「牧子さ～ん、テレビで見たわよォ。すっご～くやつれてたわ♪　大丈夫？」

と、こんなのばかり。本当である。女友達というもの、同年代がやつれたり、疲れて見えたりすると嬉しいのだと思い知った。

巨漢の女友達のファックスには、私のやつれに対する大きな喜びがあふれ出ていた。

「牧子さん、すっごくやつれて映ってましたよ。母が『何かやつれたわ……』って心配するから、言い訳しときました。『彼女、すごく体重落としたからよ〰〰！　それから照明のせいもあるしィ〰〰、トシのせいもあるしィ〰〰』って！」

原文ママである。母上のまともな心配に、私よりも二十キロは太っていて、かつ、私よりもトシの女が、こうも喜んで「しィ〰〰」の連発である。あげく、その喜びを抑え切れず、当の私にファックスで報告し、ついには結びの文が、

「(やつれも疲れも)治ると体重はすぐに戻るから気をつけて」

ときた。年中リバウンドを繰り返してるオメーに言われたかねーよと思いつつ、私はベッドに倒れこんだ。

実は横審委員がそろって本場所を見る「場所況見」のその日、突然、腹痛と吐き気、発熱に襲われ、病院に駈け込んだのである。簡単な検査と診察の結果、「急性ウイルス性腸炎」と診断された。

総見を休めばよかったのだが、微熱だし、座って相撲を観ているだけなのだから、さほどの負担にはなるまいと思った。他人に伝染する病気ではないというし、「急性」は比較的サッと治るというし、私は総見に出かけた。その上、総見後に脚本家の井沢満さんらと久々に食事をすることにもなっていた。

ところが、相撲を観ているだけなのに、その体調の悪さはお話にならない。全身がだるく

て、気のせいか全身が痛くて、熱っぽくて座っているのがやっと。食欲はゼロ。ビールを一口だけすすり、ソラ豆を一粒必死に口に押し込んだが、とにかく不調で「早く横になりたい」とそればかり思いながら、総見を終えた。

その後、ドタキャンはイヤなので井沢満さんらと落ち合ったが、もはや「座っているのがやっと」を通り越し、座っていられない。壁にダラーッと寄りかかり、やっとの思いで口に入れたのが、菜の花のお浸しを一茎。井沢さんらは私のただならぬ体調にびっくりし、すぐに家に帰された。

帰ってきたら、女友達の、

「やつれてたわァ♪」

のメッセージやファックスが、次々に入っていたというわけである。

今はもう治ったが、私は読者の皆々さまに声を大にして申し上げたい。

「現代人は自分の胃や腸に負担をかけすぎている」

むろん、自分で節制したり、医師の処方により、きちんと正しく食事を摂っている人は別だ。だが、「普通に楽しく生きている一般人」は、絶対に胃や腸に無理を強いている。断言してもいいほど、私は実感した。

何しろ五日間というもの、ほとんど何も食べたくなかったのだが、不思議なことに、元気な時に大好きだった食品が全部ダメ。例えば白ワイン、ピザ、パスタ、すき焼き、天ぷら、カレー、全部ダメである。病院の待合室で開いた雑誌にラーメンの写真が出ていて、それを見ただけで激しい吐き気に襲われた。焼きソバもコーヒーもダメ、炊きこみごはんもコーンスープもダメである。茹で卵も納豆も全然食べられない。おかゆはいいが、白いごはんは食べたくない。

医師からは少しでも食べるようにと言われ、甘なつを搾ったジュースと、卵豆腐だけで生命をつないでいたような五日間だった。そして、五日間が過ぎたあたりから、スクランブルエッグを半個分、味噌汁一杯分、絹ごし豆腐を四分の一丁、青菜類のお浸し、おかゆ一膳分を、三回に分ければ、何とか食べられるようになっていた。

その時、私はふと気づいたのである。元気な時に私が大好きだった食品は、胃腸に負担をかけるものばかりなのではないかと。その上、元気な時というのは、胃腸のことなど考えてメニューを選ばない。食べたい物、おいしい物を食べ、飲む。こんな状況が社会人になってからずっと続いていれば、それは胃腸だってこわれる。が、人間はそれにさえ気づかず、食べ続け、飲み続けるのだ。健康とはすてきなことである。

腸をこわしてる間、私が「これなら食べられる」としたものは、結果的に全部消化がよく、脂質が少なく、昭和の日本のメニューだ。これに気づいた時、本当に反省した。これからは、基本的に「昭和のメニュー」でいこうと思った。

病名は「急性ウイルス性腸炎」ではあったけれど、まったく無頓着に食べたいものを食べていた私に、胃腸がストライキを起こしてみせたのだと思う。むろん、楽しく生きるには、消化が悪かろうと脂質が多かろうと、おいしい物を仲間や家族と食べることは必須である。が、自分の胃腸はかなりきつい状態にあることをふと考えるだけでも、まるで違うと思う。

そう、休肝日と共に休腸日である。

やさしい私は、「やつれたねー♪」と喜んだ女どもに、親切にそう教えてあげた。

相撲部員の恋

大学院は何とか修了した私だが、「東北大学相撲部監督」は今も続けており、監督としては、部員の心身の状況をさり気なくチェックするのに忙しい。何しろ、東北大相撲部員はスラリとしたイケメンが多く、監督は彼らの恋が心配なのだ。

いや、内館個人としては彼らが悪い女に入れこもうが、三角四角関係に苦しもうが、同じ部員同士で一人の女を奪い合おうが、それはすべて「男を磨く糧(かて)」だから、まったく構わない。が、監督としては、その恋によって相撲に集中できなくなったり、退部したりというのが何より困る。

私は監督に就任した際、東北大学相撲部のスローガンを部員に宣言した。

「イザという時、自信満々に女の前で脱げる肉体を作れ！」

部員たちは「Cクラス優勝をめざせ！」とか言うのだろうと思っていたらしく、呆然としていたが、これは大事なことである。

筋肉と腱が美しく、かつ厚みのある肉体は、きちんと基礎トレーニングを重ねないと作れない。そして、基礎を重ねることで、怪我しにくい体になる。相撲の「四股」「テッポウ」「すり足」などの基礎的な動きは、本当に肉体改造に効果がある。かつ、相撲部員はぶつかり稽古や実際に取り組むので、効果は絶大だ。

高校時代に書道部だったというA君は、入部した時は細くて、薄い体をしていた。ところがどうだ！　わずか一年間で、今やいつでも脱げる体に変貌した。胸板が厚くなり、背中から脚にかけてきれいに締まり、本当に嬉しい。私としては、部員が卒業する時、美しい肉体と礼節を備えた男として、親に返してあげたいのである。

ともかく、こういうスローガンを作りながらも、女に入れこんでは困ると思うあたりが、監督のつらさだ。とは言え、部員たちの恋模様は大体つかんでいるし、彼らも私がラブストーリーの脚本家ということで、何かと相談にも来る。

が、そんな中で、私はずっとB君の様子が気になっていた。いい相撲を取る彼が、どうも元気がない。体に張りがなく、艶もない。粘れず、すぐに土俵を割る。あがり座敷で稽古を見ていた私は、B君を呼んだ。

「B、最近、どうもヘンね。体調、よくない？」

「いえ、大丈夫です」

そう答える声に力がない。私は小声で、

「女と何かあった？」

と訊いた。するとＢ君は、

「ないです、そんなの」

と頭を下げて、土俵に戻って行った。が、その体は一廻り小さくなったようで、どう考えても、女だ。

稽古終了後、私はそのＢ君と仲のいいＣ君を呼んだ。

「Ｂがヘンなのは、あなたも気づいてるでしょ。ハッキリ言うけど、女ね」

Ｃ君は黙っている。私はますます確信し、言った。

「ヘンな女に入れこんで養分吸い取られてるんでしょ。知ってるなら教えて」

するとＣ君、ついに言ったのである。

「監督、ハッキリ言って女じゃありません。ハッキリ言って、米です」

「コメ？」

「はい。あいつ、カネが底をついて、米が買えないんです。ずっと米食ってなくて、力出ないんです。ですから俺の米を少しやったんですけど、俺も米があり余ってるわけじゃないんで」

私はめまいがしてきた。コメですか……。翌日、私はB君に米を送った。彼はみるみる元気になり、再びいい相撲を取るようになった。私はつくづく学んだのである。監督たる者、女の心配ばかりではいけない。米の心配も必要なのだと。

そして今度は、D君が恋をした。相手は東北大ではないが、私も会ったことがある女子大生だ。D君もみごとな体の持ち主で、熱血漢で一本気で、いい男である。相手の女子大生も清純な才色兼備で、私はいいカップルだと喜んでいた。

が、やがて私はピンと来た。二人は別れたなと。何でピンと来たかというと、D君の相撲の迫力が半端じゃないのである。横綱柏戸を例に出すのは、あまりにもおこがましいが、柏戸はすごい出足で、実況アナが、

「柏戸立った！　走った！　勝った！」

と叫んだほどなのである。

D君は元々いいものを持っている選手だったとはいえ、その破壊力はすごいことになっており、本当に「立った！　走った！　勝った！」の世界である。

私が監督就任以来、徹底して言い続けているのは、

「前に出ろ！」

という一点である。変化技やハタキや引き技で勝っても、それは決して地力にならない。

とにかく前に出ろ、負けてもいいから前に出ろと言ってきた。これは大相撲の親方衆が常に言っていることの受け売りである。

D君はまさに「前に出る鬼」と化していた。これは彼女と別れたショックを、相撲にぶつけているなと思ったのである。そこで、D君を呼んで言った。

「D、別れたわね」

「えーッ!! どうしてわかるんですか。誰かに聞いたんですか」

「聞かなくたってわかるの。で、何で別れたの？」

するとD君、言いにくそうにモゾモゾと答えた。

「何か……彼女、俺の出足についていて行けないというか……はい……」

「どういうこと？」

「俺、前へ前へ出すぎたみたいで……」

私はめまいがしてきた。

「Dねえ、前へ出るのは相撲だけ。恋愛は変化技や引き技も必要なの」

かくして、女監督は恋と米と相撲の心配をしながら、せっせと仙台と東京を往復しているのである。

清酒「萩丸」

ある日、エフエム東京の後藤亘会長から電話を頂いた。

「内館さんの大学院修了を祝って、東北大OBが集まろうと思ってね。急だから少人数だけど」

後藤会長はそうおっしゃって、当日集まるメンバーの名前をあげられた。私はお会いしたことのない方々が大半だが、そのそうそうたる名前を聞きながら、何と有り難いことかと思った。そして、私は秘書のコダマに言った。

「超多忙な皆さんが『可愛い後輩』というだけで、集まって下さるのよね。よし、着物で行くわ！」

コダマは「可愛い後輩」という部分にはシカトを決めこんでいたが、「着物」にはすぐ反応し、

「それはいいですね！」

と言った。

やがて、私は悩み始めた。皆さんに何かお土産を持って行きたいと思ったのだが、何がいいだろう。「可愛い後輩」としては、「ウォー！」とサプライズを差しあげたい。お土産というのはセンスが出るので、私は本当に悩みまくった。

当然考えられるのは、仙台に関係した品物だ。集まる方々は、遠い昔に杜(もり)の都で学び、広瀬川の四季を感じながら仙台で暮らしていたという共通項がある。となると、牛タンか笹蒲鉾か。長なす漬けか。だが有名すぎて、「可愛い後輩」が着物姿で渡すにはチョイトひねりが足りない。

さらに共通項を絞ると、東北大学に因(ちな)んだお土産ということになる。これがあればベストだが、今さら「東北大学」と印刷されたノートやレポート用紙をもらっても困るだろう。だが、大学生協には「東北大ゴーフル」や「東北大Tシャツ」があった。Tシャツにゴーフルを付けるというのはどうだろう。するとコダマに、

「ヘンです」

と一言で却下された。

こうして悩み続けたある日、ハタと思い出した。在学中に仙台で見た地元局のニュースである。ニュースでは、

「東北大学が創立百周年を記念して、オリジナルの日本酒『萩丸』を造りました。この企画は酒米の育種から栽培、醸造管理、蔵元、ネーミング、販売に至るまで、一貫して東北大関係者が関わっています。生酒限定五百本を造ったところ、すぐに完売致しましたが、追って火入れ酒も造る予定だそうです」

と言っていた。

これだ！　と気づいた。

テレビでは「萩丸」の姿を映していたが、緑色のきれいな四合びんだった。ラベルには千代萩が輪になっている絵が描かれ、「東北大学」と書いてあった。これほどいいお土産はない。とはいえ、火入れ酒がいつできるのか、もう売り切れたのか、全然わからない。どこで買えるのかもわからない。

が、お酒がからむと私の頭は実によく働く。「酒米の育種から栽培」とニュースで言っていた以上、絶対に農学部が仕切っているに決まっている。

私は直ちに農学部の中野俊樹先生に連絡を入れた。中野先生とは秋田県人会で二度ほどお会いしただけだが、状況を説明し、

「お願いですから、可愛い後輩のために何とかして」

とおすがりした。するとちょうど売り出したところだというではないか。そして、二度ほ

どお会いしただけの「可愛い後輩」のために、買い方を詳しく教えて下さったのである。が、すごい売れゆきらしいし、買えなかった時に何か手はないかと考えていたところ、「萩丸」の立案者が農学部の工藤昭彦教授だという。工藤教授とも秋田県人会で二度お会いしただけだが、この時ほど秋田県人でよかったと思ったことはない。結局、売り出し直後だったので、私は「手」なんぞを使わず、堂々と「萩丸」を買った

そしてお祝い会の当日、集まった方々が、この「萩丸」にどれほど喜ばれたか。そこから一気に仙台やキャンパスの話で盛りあがった。帰りには皆さん、「萩丸」を胸に抱くようにしておられ、もう「可愛い後輩」の面目躍如である。

面白いことに、このところ各大学が酒を製造している。一番最初は一九九九年に東大が出した幻の泡盛「御酒（うさき）」だろう。

私はいつだったか、これも秋田県人会で東大総長の佐々木毅先生に頂いたのだが、この泡盛にまつわるドラマがいい。一九四五年、熾烈をきわめた沖縄戦により、酒造所が集中する首里は壊滅。戦前の黒麴菌はすべて消えてしまった。ところが一九九八年になってから、東大の分子細胞生物学研究所に、奇蹟的に真空保存されている菌が見つかったという。その「幻の菌」によって「幻の泡盛」が甦った。酒の包装紙に、

「The University of Tokyo」

と書かれていたのが、何かすごく不思議だった。

そして週刊誌によると、京大と早大が共同でビールを開発したという。エジプト学者の吉村作治早大客員教授の「エジプト古代ビール研究」と、京大に保存されていた古代品種の小麦がドッキングしたものだそうで、その名も「ホワイトナイル」。発売一か月で一万本以上を出荷したという。

大学が酒を造り、売るというのも「時代」なのだろう。酒に限らず、その学校らしい品物を通販化したなら、案外サイドビジネスになるのではないかと、ふと考えたりもする。

私自身、スケッチブックやノート類は母校の武蔵野美大製が一番で、買いおきしている。

恐るべきリバウンド

ある夜、女友達三人と私とで久々に食事をすることになった。四人でそろって会うのは約八か月ぶりだ。

そして当日、四人は青山のレストランに集まったのである。ああ、そこで、私たちは「おぞましいもの」を見てしまった……。

「おぞましいもの」という言葉は、私が言ったのではない。A子が、

「私のおぞましさをぜひ書いて。読者に警告して」

と言ったのだ。

そこで書くが、A子は八か月前に比べ、「おぞましい」ほど太っていたのである。ダイエットの失敗によるリバウンドだという。

私の周囲でも「リバウンドして困ったわ」と言う人は多いが、A子の場合、八か月前に会った時より、体が二倍近くの太さに見えたと言っても過言ではない。

八か月前、A子はダイエット中で、本当にきれいにやせていた。顔が小さくなり、くっきりとアゴのラインが出て、ウエストもキュッと締まっていた。私たちがその姿を絶賛すると、彼女は嬉しそうに言った。

「今度こそうまくやせられそうよ。私って小さい頃から太っていたし、今まで何回もダイエットしてはリバウンドを繰り返してたけど、今度は大丈夫みたい」

A子はダイエット指導者のアドバイスのもと、「炭水化物抜き」を実践していたのだが、おそらくアドバイスよりも過激にやりすぎたのではないか。

何しろ、八か月前、レストランにおけるA子の「お料理チェック」は鬼気迫るものがあった。自分に取り分けられた料理に顔をつけるようにしてチェックする。きれいに取り分けられた八宝菜でもカニ玉でも、箸でつつき、引っくり返し、隅から隅まで目をこらし、ひとかけらの炭水化物も許さない。私たちがあっ気に取られて見ていると、A子は、

「お行儀悪くてごめんね」

と言い、炭水化物は全部皿の外に出す。米、小麦粉、芋、麺類などが少しでもあれば、すべてつまんで皿の外だ。ソラ豆も出していたし、シュウマイや小籠包の皮を全部はがしていたのには、さすがに「ここまでやるか」と思った。が、A子は当たり前のように、

「仕事で会食する時は、こんな食べ方できないでしょ。だから、どうしても少しは炭水化物

を食べてしまうから困るのよ」

　と言った。ともかく、こうも徹底していたのである。

　そのA子が今は「人生最大のリバウンド」と嘆き、「不自然なダイエットの恐さを思い知った」と言う。現在、その巨体の悩みは深刻で、容姿の問題を超えている。あまりの体重増加に、膝が悪くなってしまったのである。今は整形外科の治療を受け、手術の話が出ているという。

　リバウンドのきっかけは健康診断の際の、医師の一言だったそうだ。医師は、

「炭水化物を極端に減らすのはよくないですよ。力が出ないのはもちろんですが、脳によくない。炭水化物は脳の栄養源ですからね」

　と言い、それを聞いた瞬間、A子は決めた。

「ダイエットをやめるって決めたのよ。炭水化物を取ることにしたの。だって脳の働きが悪くなったら困るでしょ。これからどんどん年を取るわけだし、ダイエットより脳よ」

　と考えたという。だが、本心は違った。

「炭水化物抜きのダイエットがもう限界だったのよ。一年近くやったけど、続くもんじゃないわ。それに、やめたら太るのよ。一生続けなきゃいけないってことでしょ。一生、炭水化物を取らないなんて不自然だし、それこそ無理なダイエット。私にしてみれば、医師の言葉

は渡りに舟だったわ。ここまでリバウンドするとは思わなかったけど」

そして、A子は一年ぶりに、ゆかりをまぶした白米のお握りを食べた。

「もうおいしくて、おいしくて、お米ほどおいしい物は世界にないと思った」

禁欲していた分、反動も大きかったのか、A子はその日から食べまくった。食べる物がすべておいしくて海外出張でも食べに食べ、飲みに飲んだという。

その結果……がコレである。A子が言うには、

「食べまくりながら、半端じゃないリバウンドが来るぞってわかってたわよ。だって体がずっと飢餓状態にあったわけだから、何を食べても何を飲んでも、それがワーッと体中を駆けめぐる感じが実感できるのよ。養分が行き渡る感覚っていうか……。普通に食べてる人には、あの感覚は絶対わかんないわね。だから逆に、体中に行き渡った分が全部ぜい肉になるんだろうなって思った」

このA子の言葉が医学的に適（かな）っているのか、シロウトの私たちにはわからないが、炭水化物を徹底して減らすというのは、確かに「不自然なダイエット」であり、「続くもんじゃない」だろうということはわかる。

私はA子の話を聞いて以来、運動でもダイエットでも「一生続けられるか？」と考えることが、ひとつの判断基準になった。例えば揚げ物を一生食べないとか、週四回の運動を一生

続けるとか、これは無理があり、私には「不自然」である。「不自然」は続かない。

帰り道、膝をかばってゆっくり歩きながら、A子は言った。

「今度は炭水化物も取りながら、リバウンドした体を元に戻すわ。ゆっくりとね。短期決戦は必ず飢餓状態になって、反動がすごいからね。当たり前に生きるのが一番よ。ゆっくりね」

B子が私に囁いた。

「A子はもう少し肉食して、戦闘的になった方がいいと思わない？　悟りすぎよ」

私も深くうなずいた梅雨の夜だった。

父親の哀しみ

ある冊子を読んでいたところ、「万引き」の記事が出ていた。それは状況説明レベルの、非常に事務的な報告記事であったが、なまじな情感をこめて書いていないだけに、ズキッときた。

ある夜、二十六歳のOLが、スーパーマーケットで万引きしたという。一個二百四十円のりんごを三個、計七百二十円分をバッグに入れた瞬間、監視員に見つかった。そして、スーパーの中にある監視員室に連行され、住所や氏名を聞かれた。

冊子の報告記事には、

「連絡を受けた父親が、スーパーに娘を引き取りに来て、七百二十円を支払って詫びた。それから間もなく、彼女は今度は会社の売店で、二百五十円のストッキング二足を万引き。連絡を受けて、父親が会社に身柄を引き取りに来て謝罪したが、結局は依願退職という形で、温情的に解雇した」

という内容が書いてあった。本当に事務的な文章であったが、父親はどんな気持ちで二度も「出頭」し、そして二十六歳にもなる娘の身柄を引き取ったのだろう。それを考えると、あまりにも哀しい。

おそらく、スーパーマーケットの狭い監視員室には事務机があり、三個の赤いりんごが置かれていたのだろう。二十六歳の娘は椅子に座り、うつむいて父親を待っていたのだろうか。父親はあわててポロシャツ姿で飛んで来たかもしれない。座っている娘と赤いりんごを見た時、どう思い、どう謝ったのだろう。

会社から連絡を受けた時は、ネクタイをして上着を着て、きちんとして行ったかもしれない。思えばそれも哀しい。

おそらく、娘は上司と一緒に会議室で待っていただろう。大きな窓のある明るい会議室で、テーブルの上にはストッキングが二足置かれていたに違いない。

ネクタイをした父親は、自分より遥かに年若い上司に、どう謝ったのだろう。娘はどういう顔で、そんな父親を見ていたのだろうか。そして帰り道、父と娘は何か話したのか。母親はどう二人を迎えたのか……。

二十六歳の娘を持つ父親となれば、きっと私と同世代だろう。父親は青春期の頃、まさか五十代の時にこんなめに遭うとは、考えてもいなかっただろう。

この二十六歳の娘は、ここ何年間か精神的に不安定であったと冊子には書かれていたが、そうであってもなくても、父親は万引きを重ねる娘が不憫だったのではないだろうか。スーパーの監視員室であれ、会社の会議室であれ、黙って父親を待つ娘の姿を見た時、ぶん殴るよりも「なぜこの子はこう不幸に生まれついたんだ……」と、自分自身をも責める気がしてならないのである。

不思議なことに、スーパーであっても会社であっても、母親が「出頭」すると、どうも哀しみが半減する。

これはやはり、母親の方が動じなくて、いい意味でふてぶてしくて、切りかえが速いからではないか。私は母親をやったことがないが、女の資質としてそういう要素があるように思う（むろん、そうでない女もいるのは当然だ）。

父親の哀しみと言えば、もう一件思い出す。

かなり前のことだが、女優のタマゴを娘に持つ父親がいた。私は娘とは会ったことがなかったが、父親を知人に紹介され、名刺を交換していた。

それから間もなく、その父親から突然電話が来た。どうしても相談したいことがあると言う。

私が指定された喫茶店に行くと、父親はすでに一人で座っていた。私は目を疑った。父親を紹介されたのはつい一か月ほど前だというのに、信じられないほど年取って見えた。髪も一か月前とは比べられないほど白くなり、背を丸めて座っている姿は、本当に小さな老人のようだった。

話を聞いて、父親がいっぺんに老け込んだ理由が納得できた。

女優のタマゴの娘は、鳴かず飛ばずで焦っていたところ、仕事が入った。父親は目を伏せて言った。

「裸になる仕事なんです。いわゆるポルノ雑誌みたいなもので、男とからんでセックスの体位を何種類もやるそうです」

そう言った後で、しばらく黙った父親はつぶやいた。

「ヘアヌードです」

父親はめがねを取って涙を拭いた。それから、泣き笑いの顔で私に言った。

「娘はやると言ってます。どんな仕事でも、チャンスにつながる可能性がある以上、何でもやると。でも、ポルノ雑誌でセックスの体位を撮られて、それが女優としてのチャンスにつながるものでしょうか」

私は答えに窮した。

つながるチャンスは「絶対にゼロ」とは誰も言い切れないだろう。だが、娘のそういう写真は、父親にとっては最も見たくあるまい。まして、それが不特定多数の男たちの目にさらされるのだから、父親がいっぺんに老け込んだのも道理である。ぬるくなったコーヒーにミルクを入れた父親は、スプーンでかき回し続けた。その姿を見ながら、私は父親の哀しみを思っていた。

どういう心境の変化かわからないが、娘はその仕事を断った。父親は丁寧な手紙と共に、私に花びんを送ってくれた。

それから一年ほどたった頃、父親は急病で亡くなった。娘は女優を諦め、外国人と結婚して、夫の国で幸せに暮らしていると風の便りで聞く。

「母たることは地獄の如し」と言われる。父たることは地獄の激しさではなく、深い哀しみかもしれない。

タッキーのプロレス愛(ラブ)

二〇〇六年七月三日の夕刻、私はＮＨＫ大河ドラマ『義経』の諏訪部章夫プロデューサーと、ジャニーズ事務所の滝沢秀明さんと三人で、プロレスを観に行った。

滝沢さんは『義経』では主役の義経を演じたので、芸能人に詳しくない方々でも、すぐに、

「あの美貌の青年だな」

とおわかり頂けよう。

滝沢さんは「タッキー」の愛称で、圧倒的な人気を誇っているのだが、実は私は一度も仕事をご一緒したことがない。ただ、彼は芸能界屈指のプロレスファンであり、私は『週刊プロレス』に連載を三年間も続け、今も毎週『週プロ』を熟読し、脚本界屈指のプロレスファンかと思う。

で、ひょんなことから、タッキーと私と諏訪部さんとでプロレスを観に行こうとなった。

諏訪部さんも大のプロレスファンである。どうもこの三人の組み合わせだと、

いた。

「美貌の息子にヘンな女が寄って来ないよう、同伴する父と母」という感じだが、まったくのプライベート観戦を、タッキーはすごく楽しみにしてくれていた。

たくさんあるプロレス団体の中で、美貌の息子はジャイアント馬場さんが創立した「全日本プロレス」の試合を観たいと所望。「母」は『週プロ』で好カードの日をチェックし、そして七月三日、三人で大田区体育館に出かけたわけである。

大田区体育館に入るなり驚いた。何とこの体育館、冷房がない！　あげく、当日は三十度近いムシムシの猛暑。観客も闘うレスラーも、同じほどの汗をかくという何とも珍しい会場だ。

その上、建物が古いので照明装置がない。普通は天井に照明が設置されており、リングを照らす。反射することもなければ、影ができることもなく見やすい。

が、この大田区体育館では天井に照明がないため、リングの四方に巨大な照明スタンドが立ててあった。そのため、どの席から観戦しても、必ず一か所は逆光が照りつけ、闘いが全然見えない。加えて、照明スタンドはギラギラメラメラと客席をも照らしあげ、そうでなくとも猛暑の館内なのに、暑いことまぶしいこと、お話にならない。

「父」はネをあげ、

「ちょっと冷たいもの買ってくるよ」

と即物的なことを言っていたが、「母」は美貌の息子にアセモでもできたらどうしようとか、具合が悪くなったらジャニーズ事務所に顔向けできないとか、もう気が気ではない。

その上、「父」が買ってきた冷たい物は全部汗になって吹き出す。「母」はほとんど汗ダンゴになりながら、美貌の息子に「秀明や、ダイジョブかい」と言おうとしたら、その前に息子は心底嬉しそうに言った。

「おっ母さん、この会場いいですね。暑さも照明も古きよき時代のプロレスって感じで、何かすごくいいです、おっ母さん」

現実には「おっ母さん」とは言わなかったが、内容はこうだった。実は私も同じことを考えていたので、この反応は嬉しかった。息子は美貌ばかりではなく、いいセンスの持ち主ではないか。それに、こういう反応が出るのは、昔からの筋金入りのプロレスファンであればこそだ。

私は以前にもタッキーと、アントニオ猪木さんが創立した新日本プロレスを観に行ったことがあるのだが、その時に言っていた。

「僕、本当はプロレスラーになりたくて、家で『電流爆破デスマッチごっこ』をやったりしてました。プロレスは昔から観ています」

こうして猛暑の大田区体育館で、私は会場を見渡しながら、面白いことに気づいた。二階席まで満員のファンは、持参のウチワや扇子を使い、平然としているのである。暴動が起きてもいい暑さだし、「冷房がないから行かない」と言って空席が目立ってもいいはずなのだ。なのに、男も女も平然とウチワや扇子を使い、リングの熱い闘いに歓声をあげ、ヤジを飛ばし、立ち上がって拍手を送り、冷房のある会場で観戦しているのと、まったく変わらない。おそらく、彼らには会場がどうあろうと、プロレスの試合をじっくり観たいという気持ちがあるのだ。また、「プロレス愛（ラブ）」の人たちは、こういう会場の雰囲気にさえも心弾み、楽しむということもあろう。

私は改めて、プロレスというスポーツは幸せであると思った。一般紙に試合結果が載ることもなく、サッカーのように世界中が熱狂するものでもない。あげくプロレスを見たこともないような人たちに限って、眉をひそめて言う。

「あんなの、ショーでしょ」

だが、プロレスには厳然としたコアのファンがいる。サッカーのファン人口とは比較にならないが、比べる必要もない。冷房がなかろうが、逆光で見えなかろうが、それでも愛してやまないファンがいると知ったなら、他のスポーツはきっと羨むだろう。

スポーツ界には、よく「にわかファン」という人たちが出没する。そんな男女はあたかも昔からのファンであったかのように応援したり、熱狂したりする。だが、「にわかファン」は、にわかに消える。裾野(すその)にはならない。

プロレスファンは多くはなくても、にわかには消えない。スポーツでも芸能でも、結局、最後に残るのは、そういうファンを持つ団体ではないか。

美貌の息子はウチワを使いながら声をあげ、立ち上がり、拍手していた。その熱さを見ながら、「母」は次は電流爆破デスマッチに連れて行こうと思っていた。

断り方

正月が過ぎてほどなく、知人が私と女友達のA子に、

「七月の花火大会、見に来ませんか。うちの二階からよく見えるんですよ」

と誘ってくれた。

七月に入り、私はA子にファックスを送った。

「六か月も前の話だけど、花火大会に誘われたこと覚えてる？　私はドラマの原稿を出した後だから、たぶん行けると思うの。あなたもその日、よかったらあけておいて」

すると、ファックスで返信が届いた。

「その日は仕事が入っているため伺えません。B子は花火好きだから、B子を誘ったらどうですか。楽しんでいらして下さい」

何とまァ、ミもフタもないと言うか、デリカシーがないと言うか、同じ断るのでも言いようがあるだろうに……。親しい友達同士だから、別に気をつかう必要はないとはいえ、それ

でももし、

「花火のこと、半年も前のお誘いだから、すっかり忘れていて仕事を入れてしまいました。行けなくて残念だけど、あなたも一人で行ってもつまらないだろうし、B子を誘ってみたらどう？　彼女、花火が大好きよ。本当にごめんね」

と書いてあれば、受け取る側の印象はずい分違うと思うのである。

結論を先に言うことは大切だが、一行目に、

「その日は仕事が入っているため伺えません」

は、あまりにも切り口上だ。あげく、B子を誘えだの、楽しんで来いだの、大きなお世話だよッ。

だが、A子とは長いつきあいなので、彼女には何の悪気もないことはよくわかっている。彼女は伝達すべきことを簡潔に書いただけなのだ。今の時代、こういう方がいいとする人も少なくはないだろう。

しかし、そうは言っても長いつきあいでない関係や、人となりを知らない相手には、簡潔もほどほどにしないと、人間関係において命取りになりかねない。断り方は難しいものである。

現在、私の事務所は、秘書のコダマが何から何まで一人で背負って回してくれているが、

彼女と出会うまでは、電話番だけのアルバイトも含めれば何人も出たり入ったりしていた。

その中で、私が何よりも気になったのは、やはり断り方である。

ある時、打ち合わせのために事務所に行くと、当時の秘書が電話中であった。

「で、何が言いたいんですか。ハッキリ言って頂かないとわからないんです。今のお話を伺った限りではお断りします」

誰かと電話で喧嘩しているのかと驚いたら、電話を切った彼女は舌打ちした。

「××県の小さい老人サークルからで、原稿依頼なんですが、言ってることワケわかんない。こっちがいちいち質問して、その答えもモゾモゾしてるし、断りましたから」

高齢者に対し、第一線のビジネスマンと同じにテキパキせよと要求すること自体が間違っている。同じ断るにせよ、もう少し言い方があるだろう。私自身、「超」のつく短気者で、覆水が盆に返らないことの連続だが、この彼女よりはまだ感じがいいはずだ……と思う。

さらに別の秘書のエピソードもあり、私が事務所に入って行くなり電話が鳴った。受話器を取った彼女は、優しくあいづちを打ちながら、相手が何か言っているのを聞いていた。そして、優しく言った。

「せっかくのお話ですが、お引き受け致しかねます」

だが、相手はなおも何か言っているらしい。彼女はそれに対し、またも優しく言った。

「いえ、そうおっしゃって頂くのは大変ありがたいんですが、今回はご遠慮させて頂きます」

彼女のこの言葉を、今も鮮明に覚えているのは、私は以前から「致しかねる」も「ご遠慮させて頂く」も、どうも好きになれない言葉なのである。どんなに優しく言おうが、自分では遣(つか)いたくない。もしも、私が誰かに何かを依頼した際、

「申し訳ありませんが、お引き受け致しかねます」

と言われたら、「その言い方、偉そうすぎないか」と短気者としては思うし、もしも、私が誰かを誘った時、

「ありがとう。でも、今回はご遠慮させて頂くわ」

と答えられたら、短気者としては「二度と誘わねーよッ」となるだろう。

「致しかねる」は傲慢だし、「ご遠慮させて頂く」は慇懃(いんぎん)無礼だろう。この二つはどんなに優しく言っても、優しく聞こえない。

断り方というものは、本当に高度なテクニックと、多彩なボキャブラリーを必要とする。難しい。むろん、ビジネスレターや文書の場合は、必要不可欠なことを簡潔に記して断ればいいのだが、世間はビジネスや文書ばかりで回っているものではない。

また、断り方とは関係ないが、電話をかけた際に、こちらの名前を訊かれることがある。

その時、

「お名前よろしいですか」

「お名前伺ってよろしいですか」

と言う人の多さよ！　私はこの「よろしいですか」も大っ嫌い。「どちら様でしょうか」の方がずっといいと思うのだが。

某出版社の編集部に電話をかけると、そのたびに女の人が出て、毎回毎回、

「お名前よろしいですか」

と言う。耳ざわりでたまらず、ある日、「お名前よろしいですか」と訊かれた私は、ついに、

「よろしくないわッ」

と言って切ってしまった。

断り方を学ぶ以前に、短気を直さなくてはいけません。わかってます……。

マストハブ

「マストハブ」とは何のことか、おわかりになるだろうか。

私がたまたま、某女性誌のグラビアページを開いたところ、カタカナで「マストハブ」という言葉が書かれていた。それは秋冬のハンドバッグを紹介する文章だった。

「今や、世界中のセレブのマストハブとして、不動の人気を誇る『パディントン』。希少性の高い新作&限定品は、見つけたら、即ゲットするのが賢明」

文中の『パディントン』とは、クロエという人気ブランドのバッグであるが、つまり、「マストハブ」は「must have」である。それをカタカナ表記しており、言うなれば「ぜひ手にすべき」とか「所有しているのが当然の」とか、そんな意味で遣っているのだろう。

「must have」は和製英語ではなく、英語であるとはいえ、「マストハブ」とカタカナで表記した時の字面のみっともなさと、下卑た語感はいかんともしがたい。

それにしても、この「マストハブ」なる言葉を、私は初めて知ったのだが、実はすでに一般的なのかもしれない。だとしても、前出の文章のように、文中に組みこまれていれば何とか推測もできる。しかし、「マストハブ」とだけ言われてわかる人がどのくらいいるだろう。

そう思い、その女性誌の読者層に近い二十代後半の女たちに、

「マストハブって何だか知ってる？」

と聞いてみた。いずれも第一線で仕事をしており、ファッションにも関心のある人ばかりだが、抱腹絶倒ものの彼女らの答えをご紹介する。

「マストハブ？　うーん、ハブの一種ですね。ハブとマングースは天敵だけど、マストハブって、確か一番強いハブで、沖縄にだけ棲息してるんですよ」

なぜか自信たっぷりにこう言った。もう一人は、

「マストハブ……。それってハブじゃなくてパブの間違いじゃないですか？『マスト・パブ』という酒場でしょ」

と、言い切った。また、もう一人は、

「ハブと言ったら、伊豆大島の波浮（はぶ）港ですよ。マストハブというのは知らないけど、たぶん波浮港の一部がヨットハーバーになったんじゃないですか。ヨットにはマストがありますから、波浮港のそのハーバーは『マストハブ』と名づけられた。当たりでしょ？」

と言った。

この「マストハブ」という言葉、今はまだ一般的な言葉とは言えないようだが、「マストアイテム」(must item) や、「マストバイ」(must buy)、「ベストバイ」(best buy) のように (これらもイヤな言葉だ)、日本語として定着する日が来るのかと思うと、身の毛がよだつ。

私の女友達で女性誌の編集長が、

「マストハブなんて、私も聞いたことないけど、向こうではどうなんだろう」

と、ニューヨーク在住のファッション関係者に聞いてみてくれた。すると、

「ああ、『must have』はこっちでは十年ほど前から遣われているのよ。ファッション界の若い人たちが遣い始めたの。だけど、日本の雑誌がカタカナで『マストハブ』と書くのは最悪だわ」

と笑ったそうだ。

それにしても、雑誌には絶句するような言葉が堂々と載る。別の某誌六月号の新聞広告にもびっくりした。

その号では「トスカーナの休日」を特集しており、その中のひとつが、

「美しい塔とホーリーな空気に包まれて」

という見出しである。この「ホーリー」というのは英語の「holy」であろう。カタカナで

「ホーリー」と書くと、字面も語感も間抜けなことこの上なく、みっともなさに泣けてくる。編集者はきっと「聖なる空気」とか「神聖な空気」というより、「ホーリーな空気」という方がステキだと思ったのだろう。だが、この間抜けな字面、語感のどこがステキなのだ、どこが。センスを疑う。

また、いつぞやは女性誌で、花束の特集を組んでおり、「グリーン色の観葉植物もアレンジして」とあった。何なんだ、この「グリーン色」って。グリーンに「色」をつける必要はないだろう。それに、「トリコロール色」という言葉も時々見る。「トリコロール」は普通、フランス旗の三色を指すので、これも「色」をつける必要はないの。こんなことなら、上手に日本語を遣うべきだと思う。

また、「マストアイテム」や「ベストバイ」以上に一般的になってしまった言葉に、「スイーツ」がある。甘い物やお菓子、デザート類などのことで、これも英語の辞書にある。しかし、何ゆえに「スイーツ」と呼ぶ必要があるのか。「スイーツ」というカタカナも、決して美しいとは思えないし、この言葉も火つけ役は女性誌だったと記憶している。当初は「マストハブ」と同じように聞き慣れなかったのが、今や大新聞の料理欄にも「スイーツ」と載る。女性誌の特集で「和製スイーツ」とあると、これがみたらし団子や大福、あんみつであったりする。

さらにひどいことに、カタカナで「ガトー」と書いて悦に入っている雑誌もある。フランス語でケーキのことだが、「ガトー」と書く必要がどこにある。この字面、語感、おいしそうと思えるか？　今にドラ焼やおまんじゅうを「和製ガトー」と言い出すのだろう。「マストハブ」とか「ベストバイ」とか「スイーツ」とか「ガトー」とか、こういう言葉を目や耳にするたびに、情けない気持ちになる。それは、こういう言葉を喜々として遣う姿勢そのものが、情けないからではないか。

ひたすら祖父母のために

先日、脚本家の冨川元文さんと久々に夜更けまで話しこみ、彼が住む浅草でごちそうになった。

彼とは昔から親しいのだが、昨年、突然、

「学校演劇の脚本を書きおろしてくれないかな。小学校用でも中高用でもいい」

と言われたのには驚いた。

私は学校演劇なんてまったく縁がなく、高校卒業以来見たこともないし、もちろん書いたこともない。それに修士論文に追われている最中だった。

が、彼の話を聞くうちに書こうと思い始めていた。彼は、小・中・高の学校演劇において、昔からの脚本を使っていることに危機感を覚えたのである。

「魅力的な新作がものすごく少なくて、昔と同じものをやってる。これじゃ、子供の心がやせてしまうと思ってさ。で、友人の脚本家たちに頼んで、作品を書きおろしてもらって、小・中・高用の三冊の本にして出版したい」

　私は彼の言う「心がやせる」という言葉にも驚いた。

　私自身、女性知事をはじめとする方々が、

「土俵に女をあげないのは差別だ。男女共同参画こそがグローバルスタンダードである！」

　と言うたびに、

「伝統や祭祀などにグローバルスタンダードは不用。文化がやせる」

と、「やせる」という言葉で反対し続けてきたからである。

　冨川さんはかつて、小学校の教師であったため、今も昔の同僚たちから現状を聞いたりもするのだろう。居ても立ってもおられなかったのだと思う。私は、

「わかった。修士論文を書き終えたら、まっ先に書くわ。小学生用を書きたい」

　と言ったのだが、実はとても心配だった。決して儲かる本ではないのに、小・中・高校用の三冊をも刊行してくれる出版社があるだろうか。それに、忙しい現役脚本家たちが、いわばボランティアで期日までに書きおろしてくれるだろうか。

が、世の中は捨てたものじゃない。学校演劇の現状を知った幻冬舎が、三冊同時刊行を引き受けてくれたのである。

　さらに、冨川さんの思いに賛同した脚本家たちが続々と名乗りをあげた。早坂暁さん、布

勢博一さん、大西信行さん、市川森一さんという大御所から、いい映画シナリオをたくさん書かれている中島丈博さん、劇作家として大活躍の森治美さん、メチャクチャ忙しいであろう矢島正雄さんをはじめ、第一線の脚本家がそろった。

そしてこの二〇〇六年六月、ついに、

『読んで演じたくなるゲキの本』

として刊行された。

書きながら、私が一番気を配ったのは、

「小学生がこの劇を演じる際、わざわざ見に来たお祖父ちゃんやお祖母ちゃんが、出演した孫の姿に満足するか否か」

という一点である。

可愛い孫が劇に出るとなれば、飛行機や列車に乗って遠くから見に来る祖父母も多いだろう。その時、孫が舞台を上手(かみて)から下手(しもて)に横切るだけの役だったり、群衆として立ってるだけでは、がっかりすることも当然だが、何よりもほめようがないし、感想の言いようもないだろう。

むろん、そういう役も大切なのだと教えることも必要だが、どうせ書きおろすなら、出演児童全員がどこかで目立つように書きたいと思った。これこそが祖父母の幸せというものである。

何しろ、私には苦い経験があるのだ。

小学校一年生の秋、初めての学芸会で、劇の出演者として選ばれた。昭和三十年当時、「劇に選ばれる」というのは大変な名誉で、各クラスとも成績のトップ二名くらいを選ぶ。

私は当時、本当に「神童」だったので、選ばれたわけである。この快挙に、両親も祖父母も狂喜乱舞し、学芸会当日は打ちそろって来場することになった。祖父母は秋田からである。

出し物は『一寸法師』だった。が、何と……私の役は「腰元②」に決まった。京にのぼる姫と共に、護衛として三人の腰元が行く。その中の②であり、セリフはない。

当時の写真を見ると腰元①は姫と並んで立ち、姫に日傘をさしかけ、腰元③は客席に向かって何かセリフを言っている。私の演ずる腰元②は何もない。腰元①③にはさまれて、ただ数秒ほど歩いて出番は終わりである。「神童」としては情けないのだが、選ばれた子たちはみんな神童気味なので、致し方ない。

その上、稽古が毎日ある。ただ歩くだけなのに、毎日稽古につきあわされる。さらに困ったことに、祖母が着物を作ってあげると言い出した。姫と腰元は自前の着物で出るのである。遠い昔のことを、こんなにもハッキリと覚えているのは、子供心にも祖父母にわざわざ来られては困るなァ……と悩んだからである。

やがて、教師たちは私の扱いがあまりにも可哀想だと思ったのか、突然セリフをつけてくれた。京にのぼる姫君ご一行を鬼が襲う時に、腰元②は、

「ワァ、大変だァ！」

と叫ぶのである。その一言だが、私はホッとした。

さらに幸いなことに、学芸会当日、祖父母の都合がつかなくなり、見に来なかった。あの時の安堵感は今でも甦る。

あんな思いを子供にさせたくない。私はひたすらお祖父ちゃんとお祖母ちゃんを満足させようと、それだけで書いた。

各脚本家の新作は、どれも個性的で本当に面白い。こんな脚本集を現実のものにしたのだから、冨川さん、おみごとである。

ただ今、二十一人

「人間に不可能ってないよなァ」

今、東北大学相撲部員は恥ずかし気もなく言っているし、実感している。

それもそのはず、ついに二〇〇六年八月二十二日、キャンパスに土俵ができたのである。

思い起こせば一年四か月前、私が相撲部監督を引き受けた時は、部員が四人しかおらず、廃部寸前。その上、四人のうち一人は、三か月後にアメリカ留学するので、実質三人であった。

それがわずか一年四か月後の今、部員はマネージャーを含めて二十一人である。二十一人よッ！　その上、万年最下位だったのに、「東日本学生相撲選手権大会」でCクラス優勝は果たすし、体重別大会では個人優勝と三位とベスト8に輝いた。もう、気持ちいいったらありゃしない。土俵もなければ部室もない東北大が、並みいる「土俵持ち」の大学を蹴散らして、金メダルと銅メダルよッ！

そしてとうとう、念願の土俵を造ってもらえたのである。これには部員たちの活躍実績もさることながら、全運動部の中で、練習場も部室もないのは相撲部だけという事実に、大学が気づいてくれたことが大きい。もっとも、旧制二高時代からの伝統のボート部や強豪アメリカンフットボール部、スキー部などがひしめく運動部の中で、部員四人の相撲部がひっそり生きていることには気づかなくて当然だ。やはり、部員たちの努力と戦績が気づかせたのである。

その部員たち、とにかくキャラクターがぶっ飛んでいて、監督は怒るより先に笑い転げるしかない。

ついに完成した土俵のお披露目の日も大騒動だった。何しろ、ぎっしりのタイムスケジュールである上、学生にとっては慣れないことばかり。

朝から部員全員で土俵造りを手伝い、完成後は大崎八幡宮による土俵開きの神事が待っている。来賓も多いし、失礼があってはならない。神事の後は土俵開きの初稽古を、来賓にお見せする。それも初稽古には、仙台出身の元幕内力士の五城楼親方がマワシをつけて胸を貸して下さることになっていた。その後は学内のカフェテリアで直会（なおらい）があり、準備にてんやわんや。なのに、五城楼親方がマワシの上に浴衣を羽織って現れると、あたりを圧するカッコよさに部員たちはボーッと見惚れ、仕事どころではなくなる。

そんな中で、私は神事に使う鎮（しず）め物を用意しているかと不安になった。鎮め物とは土俵の中央に埋める神饌（しんせん）である。私は部員を呼んで訊いた。

「鎮め物、用意した？」

「は？　何ですか、それ」

「土俵に埋める勝ち栗とかスルメとか昆布とかよ」

「用意してませんッ。すぐマネージャーに買わせます」

「すぐ買えるの？」

「はい、コンビニで」

「え？　コンビニで勝ち栗とかスルメ、売ってる？」

「いえ、勝ち栗は売ってませんが、天津甘栗ならあります。スルメはないですけどサキイカなら売ってますし、昆布は佃煮とかなら」

まったく、どこの土俵に天津甘栗とサキイカと昆布の佃煮が埋まっているというのか。

が、こういうぶッ飛び気味の二十一人であるせいか集結すると、力は予想より遥かに一途で、強い。

土俵開きの日も、来賓から質問された。

「内館さん、本当にいい部員たちばっかりですね。どうやって二十一人にもふやしたんですか？」

ふやした方法は、言葉は悪いが拉致である。これだと思う学生がいたら、とにかく一回はマワシをつけるところまで、食らいついて離れない。これを監督以下全部員が、総力をあげてやるのである。

たいていは、あまりのしつこさにネをあげて、一回マワシをつければ解放してくれるだろうとなる。ところが、一回マワシをつけて相撲というものを取ってみると、拉致された本人がその面白さにハマってしまう。本当である。そのため、一度入った部員はやめない。当然、人数がふえていく。

もっとも、私には大失敗がある。ある時、学内で立派な体の男子一年生を見つけた。何と坊主頭である。これは高校時代に体育会にいた証拠だ。私は色めき立ち、部員たちに言った。

「坊主頭のすごい素材を見つけたわ。たぶん高校球児よ。まず私が口説くから、後で応援頼むね」

部員たちは「ウースッ」とスタンバイしていた。そして、私は彼に近づいた。

「ね、相撲部の稽古、見るだけ見に来ない？」

彼は手を振った。

「俺、スポーツは全然ダメなんです。すみません」

「またァ。高校時代は何かやってたんでしょ。坊主頭ってことは高校球児？」

「いえ、違うんです」

「隠さなくていいって。とにかく見に来て。ね」

が、坊主頭の彼は必死に「スポーツはダメ」と逃げる。なおも口説く私に、とうとう彼は言った。

「俺、坊主なんです」

「見ればわかるわ。球児でしょ」

「いえ、僧侶です」

「僧侶!?」

「はい。実家が寺で、手伝ってるもんで……」

ああ、手ぐすね引いてスタンバイしている部員どもに、どう言おう……。球児でなく僧侶だったなんて、この早トチリは言えたもンじゃないわ。でも言った。部員たちは、転げ回って笑っていた。

で、先の鎮め物であるが大崎八幡宮がちゃんと用意して下さっていた。第四代横綱谷風を生んだ仙台の地に、天津甘栗とサキイカと昆布の佃煮が埋まった土俵ができなくて、本当によかった。

あの日の母に会いたい

認知症の親との日々を書いた本は、これまでにもずい分読んだが、先日、たまたま手にした『いっぱいごめん　いっぱいありがと』(木耳社)という詩画集は鮮烈だった。

副題に「認知症の母とともに」とあり、介護の絵日記である。絵も文も抜群によくて、ページを繰るたびに「絵手紙」を頂いている気になる。内容は確かに悲惨な現実ではあるのだが、絵と文が「親と子」という断ち切りようのない深い情愛を伝えており、笑いながら泣けてしまう。

著者の岡上多寿子さんを私はまったく存じあげないのだが、「あとがき」に、「素人の私の詩と画をお読みくださりありがとうございます」と書かれていた。ところが「素人」なんてとても言えない一冊だ。

母親に対して深い思いと愛情を持っているのに、介護生活があまりに大変で、それも十年間も続くと、もう母を大切とは思えなくなったりする。だが、過去に母から受けた数々の愛情を思う。そうすると、一瞬でも大切と思えなくなっていた自分を責める。

そして再び優しく介護する。だが、下の世話から徘徊の保護まで、心身ともに疲れ果てる。そして、つい叱責したり、そんな自分に落ちこんだり。

その心の動きが、ユーモラスな絵や情緒的な絵と共に短い文で書かれている。これでもかの描写と違い、逆にせつなく、妙に美しく、圧巻である。

その中で、次の文章にはため息が出た。

訪ねて来た知人が、わざわざ電話で来訪時の礼を言ったそうだ。そしてその後で、

「『おばさんのトンチンカンが面白うて、芝居見るよりよっぽど面白い。又、行かせてもらうね』。この人を恨む。『普通です』と言えず『又、おいでください』と言った自分に腹が立つ。でも、ずっと後、その人は宅急便で夏服の涼し気なのを二枚も送ってくれた。おばさんに着てもらって下さいと添え書きを入れて」

認知症の親の介護の大変さは、やってみた人でなければ絶対にわからないだろう。それに対して、やったこともない人が励ましたり、わかった風な口を叩くのは不遜というものである。

だが、認知症の人を「芝居見るよりよっぽど面白い」と言うような人にならないことはできる。ただ、本人は、まったく悪気（わるぎ）がないのである。悪気がないから、ケロッとこういう無

神経なことを言い、悪気がないからケロッと夏服を二枚も送ってきたりする。

だが、悪気なく無神経なことをする人より、悪意を持ってわざと傷つける人の方が、友達になれると私自身は思っている。悪意を持っている人は、意識してやっているので、意識が変わればやらなくなる。しかし、悪気なく無神経なことをやるという人は、傷つけている意識がないので、ずっとやり続ける。日常のあらゆる局面で、やり続ける。

悪気なく無神経な人ほど始末に困るものはなく、そういう人ほど「悪気がないことはいいこと」と思いがちだ。お話にならない。

「おばさんのトンチンカンが面白うて、芝居見るよりよっぽど面白い。又、行かせてもらうね」

とクスクス笑いながら言うレベルの人は、世の中には必ずいる。その人をもしも怒ったりしたなら、

「正直にそう言って何が悪いの？」

とケロッと言うだろう。「正直」は常に正しいわけではない。

そして、「友がいる」という文章が印象的だった。

「また救われた　母の難儀こぼせば　涙ためて聞いてくれる友がいる」

私たちはこの「友」のような人になることはできる。少なくとも、認知症の親を介護した

こともないのに、したり顔のアドバイスや生半可な励ましより、ずっといい。

さらに、「母のやりきれぬ」という文章は、今までの認識を一変させられた。私は認知症の当人は、ラクだと思っていたのだが、岡上さんは、次のように書く。

「たれ下がるおむつを膝に挟みつつ　解せないことの多くを抱え　母は母でやり切れぬ」

そして書き加えている。

「認知症者は介護側が大変で、当人は不安や心配事が無く気が楽なのではないかと、とらえがちですが、物事の判断や理解ができずいったん疑問が沸き起こると、そこから脱出の糸口さえつかめず苦しむのです」

母親が排泄物で重くなったオムツを膝にはさみ、疑問を抱いて苦しんでいる様子を見れば、「もう母なんか大切でない」と一瞬でも思った自分を責めるだろうし、次の文のような思いにも至るだろう。

「夏の涼しい風が吹きあがってくると母の夏が思い出されます。水玉模様のカンタン服。斜めストライプ柄のスカートの両端をつまみヒラヒラさせながら、『暑いのォ』と言った日。ああ、会いたい。あの日の母に会いたい」

こうして十年間の介護の後、母を見送った岡上さんは改めて気づいたと書く。

「母が母でない日常だとしても生きていてくれるということは　心のまん中へ力を注ぎつづ

けてくれる　そういうことなんです」

私の母は言った。

「私が認知症になって、芝居より面白いなんぞと言われたら、牧子、木戸銭取りなさいよ」

ガッテン承知。全席自由で「介護体験券付き五万円」をふんだくるわ。

孫との接し方

二〇〇六年大相撲九月場所を国技館で観ていた時、後方のマス席から声をかけられた。

「内館さんですよね？」

振り返ると、若い母親が二歳くらいの男の子を抱いている。その男の子の父親らしき人と、祖父らしき人もおり、家族で相撲見物に来ているようだった。

するとと若い母親は、抱いている男の子を床に下ろして、私に言った。

「この子、相撲が大好きなんです。この子の四股を見てやって下さい」

これが、小さな足をあげて、「ヨイショ！」と堂々たる四股なのである。私が大喜びして拍手すると、母親は男の子に言った。

「朝青龍もやってみて」

すると、男の子はぷっくりした掌をこすりあわせ、塵（ちり）を切るではないか。朝青龍の土俵入りの所作だ。もう可愛いの何の！　私が、

「よほどお相撲が好きなんですねえ」

と母親に言うと、祖父らしき人が嬉しそうに答えた。

「私が大好きで、ひ孫のこの子に遺伝ですよ」

何と「祖父」ではなく、「曽祖父」だったのだ。曽祖父は「朝青龍」と染め抜いたハッピを着ている。朝青龍が大好きなひいおじいちゃんであればこそ、ひ孫もみごとに塵を切るわけだ。自分の「遺伝」と思えるひ孫を、曽祖父はどれほど可愛いだろう。

そう思いながら、好角家の昭和天皇が生きていらしたら、愛子内親王の好角家ぶりを「遺伝だ」とおっしゃって大喜びされたであろうと思った。

ひ孫や孫というものは、「子供よりも可愛い」とよく言うが、敬老の日にNHKテレビで放送された『ふたりでマゴまご！』を見て、それを実感させられた。

これは幼い孫と祖父、あるいは祖母が二人で何かをするところを追った番組なのだが、特に「孫と祖父」の組み合わせが面白い。孫というものは、常日頃、お祖母ちゃんにはベッタリでも、お祖父ちゃんにはそうでもないのだろう。内心に羨ましさを隠していたお祖父ちゃんが、懸命に孫とコミュニケーションを取ろうとする姿には、悲愴感さえ漂い、何ともおかしい。

たとえば、バレエを習っている孫娘と社交ダンスを踊る決心をしたお祖父ちゃんは、発表会に備えてレッスンに通う。幼い孫娘と手を取りあい、必死の練習である。

また、寺の住職であるお祖父ちゃんは、幼い男の孫に経を教える。男の子はとても暗記しきれず、泣きそうになるのだが、お祖父ちゃんはアメとムチで教え続ける。

そして、老舗のウナギ店を経営するお祖父ちゃんは、男の孫に店を手伝わせる。六歳のその子は店員の白いうわっぱりを着て、お運びさんから出前までやらされる。肝吸い（きもすい）の入ったジャーをナナメ掛けし、坊主頭の六歳は汗だくで出前に走る。

また、アウトドア派のお祖父ちゃんは孫娘とイカダを造り、二人で川下りをするのだが、イカダが進まない。お祖父ちゃんの方が疲れきってしまうと、九歳の孫娘は自ら一人で川に入り、イカダを押して頑張った。

さらに、口の悪いお祖父ちゃんを「天敵」としている五歳の孫娘は、あろうことかその天敵と二人きりでキャンプする。天敵はこの時とばかりバーベキューを作ったり、孫娘が大好きな海で遊んだりの大張り切り。

どれもこれも、お祖父ちゃんの気合の入り方がハンパではない。何とか可愛い孫に自分の存在を認識させようと、誰もなりふり構ってはいられないのである。「孫自慢」の番組ならヘキエキしただろうが、お祖父ちゃんには「孫自慢」なんぞが入るゆとりはまったくないから微笑ましい。

そして、もっと微笑ましいことに気づいた。どんなに幼い孫でも、天敵でも、お祖父ちゃんを裏切ってはならぬと思っている。そして、実は自分としてはあまり楽しくなくても、「お祖父ちゃんと遊んであげなくては……」と努めている。五歳でも九歳でも、それがちゃんと見える。汗みずくで必死な祖父と、相手の立場をきちんと把握している幼い孫。この取り合わせは、もう絶品の面白さであった。

番組を見ていると、お祖父ちゃんと孫のうまい接し方には、三パターンあるようだ。

ひとつは「祖父の方から孫の世界に入って行く」というパターン。バレエを習っている孫娘と社交ダンスを踊る祖父の例や、海で遊ばせるためにキャンプする祖父などだ。また、番組では孫娘からハンドベルの演奏を習う祖母も出ていた。

もうひとつは「祖父の世界へ孫を引き込む」というパターン。ウナギ店を手伝わせたり、経を教えたり、川下りをするなどである。

そしてもうひとつ、「祖父を孫に尊敬させる」というパターンがある。番組には釣り船業を営む祖父と、それこそ「遺伝」なのか釣りが大好きな孫娘が出ていた。祖父は自在に船を操縦し、釣りも名人。そして孫娘はまだ九歳だというのに、休日は祖父と船に乗り、客に釣りを指南する。祖父と同じように陽に焼けた少女は、口調までが同じようにベランメエ。祖父を「憧れの対象、尊敬する対象」として見ている様子が伝わってくる。

どのパターンにせよ、祖父は孫が可愛くてなるまい。アンケートでは、一般的に「孫は祖父より祖母が好き」と出ていたが、祖父は三パターンのどれかをやってみる価値はある。

もっとも「この番組は孫のいない人への差別だ」という声が必ずあがるだろうが、いくら「まっすぐ、真剣。ＮＨＫ」でも、国民一人一人の要求には合わせられまい。孫がいない幸せというものもあるのだし。

「いじめ」は性犯罪だ

北海道の滝川で、いじめに耐えられなくなった小学校六年生の女児が教室で首を吊り、自殺してから一年近くたった今になって、初めてその事件が公にされた。二〇〇六年十月三日の朝日新聞には母親の次のコメントが出ている。

「いじめに気づいてやれれば、転校するなどの選択肢もあった。せめてトラブルに気づいた先生から、連絡の一本さえあれば」

私は何年か前に、何かのシンポジウムだったと思うが、いじめを受けている子への解決策を問われ、

「転校することです。新しい学校に入れば、子供は生き直せます」

と答えた。すると、会場にいた女の人が手をあげ、差し出されたマイクをわしづかみにして叫んだ。

「転校が簡単にできると思ってるんですかッ。お金もかかるし、簡単なことじゃないんです

ッ。転校は、お金のない人への差別です」

するとと今度は、別の女の人がマイクを握った。

「内館さんは結局、つらいことから逃げろと言ってるわけですよね。逃げては何も解決しません。いじめになんか負けちゃいけないんです」

それはその通りだが、そうきれいにはいかない場合もある。小学生であれ中学生であれ、我が子が耐えられないほどのいじめにあっているとわかった時、「逃げちゃダメ。いじめになんか負けるな」は残酷である。通学して教室にいるのは子供本人であり、子供にだけ強烈な苦しみがのしかかる。

北海道で自殺した女児の母親が、「気づいてやれれば、転校するなどの選択肢もあった」と言うのは、まったく正しいと私は思う。

朝日新聞によると、その女児へのいじめは陰惨だ。同紙の文章はすさまじい。

「これまでの市教委の調査で、自殺の10日前にあった修学旅行の部屋割りを決める際、女児がどのグループに入るかをめぐり3度にわたって話し合いがもたれたことや、昨年7月上旬の席替えで、男子児童が『女児の隣になった子がかわいそう』と発言し、女児が担任に訴えていたことなどが分かった」

我が子がこんなめにあっていると知って、「逃げるな、負けるな」と言うか?

たとえば、やっと入学した超難関校であっても、こんないじめにあったとしたなら、私は即刻転校手続きを取る。手続き完了までの間は学校を休ませ、娘とお出かけする。誰が修学旅行になんかやるか。教師は娘と同室になりたくない子供たちの意をくみ、三回も部屋割会議を許したわけだ。私は転校前に娘と一緒に、その教師に会いに行くだろう。挨拶するためじゃない。娘の前でその教師に水をぶっかけてやるためよ。それで娘の手を引いてグングン帰りながら言う。

「お母さんは絶対にあなたを守るからね。新しい学校では全部忘れて、生まれ変わって楽しめばいいわ」

これで娘はぐっすり眠れるし、新しい生活への希望が出てくる。子供の小さな心は許容量が限られている分、大人よりすぐに壊れる。そうなる前に、逃げて新天地を与えてやる方がいい。

それが根本的な解決策にならないことは十分に承知である。私は「いじめのない学校を作る」ための努力は徹底的にすべきだと思うし、あらゆる方策をさぐり実践すべきだと思う。しかし、今迄にも幾度となくいじめが原因で少年少女が自殺しているが、そういう重いいじめは、一度起こったならすぐ簡単には解決しないと思う。私自身、東京都の教育委員として、教師と共に解決に力を尽くすだろうが、その前に子供の心が壊れる可能性は低くはあるまい。

そうなる前に、親が子供を守ろうとするのは自然なことだろう。逃げるという選択肢はあっていい。

いじめというものを、私は性犯罪だと考えている。いじめることに、強烈な快感を覚えるのだ。クラス中がいじめるのは、「集団暴行」である。修学旅行で同じ部屋になりたくないということで、三回も話し合いを持った時、村八分にする意見を言いながら子供たちは快感を覚えたはずだ。おそらく三回とも、女児本人は外されていただろう。だが、彼女は自分のことで話し合いを持っていることを知っていたに違いない。この状況は、子供たちを残虐な快感へと導いたと思う。それを三回も許した教師に弁解の余地があるか？　性犯罪の犯人は犯行を繰り返すと言われるが、快感を伴うものは繰り返される。いじめとて同じだ。

逃げればいいのである。逃げちゃいけないのは相撲の立ち合いだけである。

前述したシンポジウムの際、転校できない人への差別だという声には、まったく何でも「差別」にくっつけるんだなァと思った私だが、いったいどこが差別なのだ。我が子が陰惨な「集団暴行」を受けていると知ったなら、それも繰り返されていると知ったなら、親としては何が何でも救い出さなければと思うだろう。差別もいじめる側の人権もないわい！　お金がないなら、亭主を質に置いてでも、転校するしかないではないか。

そのためにも、自殺した女児の母親がコメントしているように、トラブルに気づいた教師はすぐに親に連絡することである。

今回もそうだが、学校サイドはたいていは「いじめの事実はない」とか「解決したと認識していた」となる。今回もそう言い、後でその言葉を撤回している。つまりは隠蔽（いんぺい）していた。さらに、この原稿の校正をしている最中に、福岡の男子中学生がいじめを苦に自殺した。これも隠蔽されていた。

隠蔽という卑怯な手口から、我が子を守るのに、「逃げるな、負けるな」なんぞ、親のセリフではない。

あとがき

私の人生の中で、本当に「思ってもみなかったこと」のひとつが、二〇〇八年の暮れに急性の心臓病と急性の大動脈疾患で倒れたことです。

それまで風邪以外の病気はしたことがないほどでしたし、倒れる三日前に頭を含む全身の丁寧な健康診断を受けていました。どこも「異常なし」でしたから、改めて「急性」というものは突然やってくると実感させられました。

倒れたのは師走(しわす)の雪がしんしんと降る夜、旅先の岩手県盛岡市でした。救急車ですぐに岩手医科大学附属病院に運ばれ、十三時間近くにわたる緊急手術。同病院が最先端の医療設備を持ち、カリスマ外科医がいらしたことで生き返りましたが、私の友人知人の医師たちは、後で全員が言ったものです。

「運としか言いようがない。普通、死んでるよ」

そして、いくら「急性」とは言っても、病気というものは潜在的にある何かが引き起こすのではないか。シロウトの私には、そう思えてならないわけです。どんな病気でも、たとえば睡眠不足とか、不規則な生活とか、栄養バランスの悪さ、飲酒の過多、過剰なストレスや喫煙、働き過ぎ等々、何かの原因が積もり積もって引き起こすのではないか。それがほんの一因だとしてもです。

私はそれまで仕事中心の生活で、仕事を軸にして生活が動いていました。ただ、好きな仕事であり、ストレスを感じたことは本当になかったのです。あったとしても、ごく通常のレベルで、決して大きいものではありませんでした。

私の場合、ストレスよりも、不規則な生活と栄養バランスの悪さが、死んで当然という病気を引き起こしたに違いない。そう思って友人知人の医師たちに言いましたら、全員に、

「あなたの場合、もうひとつ原因がある」

と断定されました。バラバラに会った医師たちですのに、全員同じことを言ったのです。

「あなたの場合、怒りキャラも要因」

そういえば、岩手医大病院を退院する時、主治医にきつく申し渡されたことがあります。

「これからはカリカリしないように。怒りが激しいと、そして何にでもカリカリしていると、また動脈や心臓に来ますよ。あなたには急激な血圧の上昇が最もよくない」

そして、医師は笑ってつけ加えました。

「まず大相撲で大関の取り組みを見るのをやめなさい」

　これは、さすがの視点でした。私は、ふがいなく負ける大関陣に、入院中もカリカリし、怒っていたのです。

　友人知人の医師にそろって「怒りキャラが要因のひとつ」と言われ、そして本著の原稿を久しぶりに読み直すと納得します。本当に私はよくカリカリし、カッカしていると。本稿は急病で倒れる以前に書いたものですから、もうずっと「怒りキャラ」だったわけです。これでは心臓病の一要因になって当然かもしれません。

　本著のタイトル『見なかった見なかった』は、自戒をこめて私がつけました。そう、自分の考え方や感じ方に合わないからといって、怒ってもしょうがないのです。世の中にはたくさんの考え方があり、誰しもその考え方や感じ方が正しいと思っているでしょう。私自身がそうであるようにです。

　ならば、倒れるだけ損というもの。これからは気を大きく広く豊かに持って、「見なかった見なかった」とやり過ごすことも覚えようと思いました。

　が、「怒りキャラ」にはそれもストレスがたまりそうです。今度はストレスで倒れたくはありません。どうしたものか……。

　とはいえ、この一冊で読者の皆様が溜飲(りゅういん)を下げて下さったり、「そうだそうだ」と同意して下さったなら、私も怒った甲斐があるというものです。

いつもながらセンスのいい装丁をして下さったデザイナーの鈴木成一さん、そして刊行まで伴走して下さった幻冬舎の鳥原龍平さんに、お礼申し上げます。そして誰よりも、この一冊を手に取って下さった方々に、心からの感謝をお伝えしたいと思います。

二〇一五年五月

東京・赤坂の仕事場にて

内館　牧子

なお、文中の肩書き、場所等の呼称はすべて当時のままにしてあります。
また、「A子」「B男」などは同一人物ではありません。

この作品は、「週刊朝日」二〇〇五年六月十七日号〜二〇〇六年十一月三日号に掲載された「暖簾にひじ鉄」を改題した文庫オリジナルです。

JASRAC 出1507245-501

見なかった見なかった

内館牧子

平成27年8月5日　初版発行

発行人——石原正康
編集人——袖山満一子
発行所——株式会社幻冬舎
〒151-0051東京都渋谷区千駄ヶ谷4-9-7
電話　03(5411)6222(営業)
03(5411)6211(編集)
振替00120-8-767643

印刷・製本—中央精版印刷株式会社
装丁者——高橋雅之

幻冬舎文庫

ISBN978-4-344-42368-8　C0195　う-1-13

幻冬舎ホームページアドレス　http://www.gentosha.co.jp/
この本に関するご意見・ご感想をメールでお寄せいただく場合は、
comment@gentosha.co.jpまで。